ハヤカワ文庫 SF
〈SF2125〉

宇宙英雄ローダン・シリーズ〈545〉

神のアンテナ

H・G・フランシス＆クルト・マール
若松宣子訳

早川書房
7975

PERRY RHODAN
DIE PSI-ANTENNE
DER KARDEC-KREIS
by
H. G. Francis
Kurt Mahr

Translated by
Noriko Wakamatsu
First published 2017 in Japan by
HAYAKAWA PUBLISHING, INC.
This book is published in Japan by
arrangement with
PABEL-MOEWIG VERLAG GMBH
through JAPAN UNI AGENCY, INC., TOKYO.

目次

神のアンテナ

神のアンテナ

H・G・フランシス

登場人物

イホ・トロト……………………………………ハルト人
エチンラグ………………………………………サウパン人
ボルカイス………………………………………フィゴ人
ジャロカン………………………………………ジャウク
ピルソン…………………………………………ゲルジョク
キルシュ…………………………………………同。ピルソンの助手
グコル……………………………………………クルウン。艦長
トカル……………………………………………同。神官
アウエルスポール………………………………究極の存在

1

その難破船は蹄鉄《ていてつ》形だった。

「どこが後方だか前方だか皆目わからない」ジャウクのジャロカンがいった。「これまでわれわれが遭遇したものとは、まったく異なるエンジンをそなえているようだ」

ジャロカンは飛行プレートに直立していた。イホ・トロトのほか、ゲルジョク、サウパン人、フィゴ人らとともに、抵抗者グループの基地をはなれ、ここへやってきたのだ。ハルト人はジャロカンのかたわらで飛行プレートのむき出しの床にすわり、猜疑《さいぎ》心に満ちた面持ちで難破船を凝視していた。その船は〝自転する虚無〟の縁の瓦礫《がれき》フィールドを偵察したさい、一ゲルジョクが発見したものだった。

「いつまで待機するつもりだ？」この数週間でゲルジョクのトップにのぼりつめたピルソンがたずねた。

かれは、これまで鳥型種族のなかで権威ある役割をはたしていた者全員を出しぬいたのだ。

「われわれがここにきたのは、あの宇宙船内でセト＝アポフィスの基地と戦える武器を見つけようと考えたため」ピルソンがつづけた。「なによりわれわれ、ラウデルシャークのいる基地を制圧しなくては。躊躇《ちゅうちょ》すればするほど、チャンスは減る。忘れたのか、イホ・トロト？」

ハルト人は立ちあがった。赤く光る目が、ゲルジョクを見つめる。

「どうしたんだ？　いつからそんなに、せっかちになったのだ。きみは、危険に直面しても冷静さを失わない男だとずっと思っていたぞ」

ゲルジョクの目がきらりと光った。しかし、明らかにピルソンは、ハルト人には自身の感情をかくしておきたいようで、あわててうつむいた。

イホ・トロトは円錐形の歯をむきだして大声で笑った。

黒い肌の巨人は自信をいだいていた。すべての種族グループが一致して自分を支持し、指揮官だと認めていると確信している。それは、自転する虚無の縁に位置するセト＝アポフィスの基地でもっとも重要と全員が考える、ラウデルシャーク基地への攻撃計画を展開したこの数週間で明らかになったと、トロトは思っていた。

「エチンラグ」巨体はサウパン人に声をかけ、二本の腕をのばして難破船をさししめす。

「それとボルカイス。それぞれ、十名を連れて、エアロックを開いてくれ。この宇宙船に使えるものがかくされていないか知りたい」

サウパン人のエチンラグは、かすかな手振りで了解したことをしめした。言葉もすくなく、同胞十二名のうち十名をよりわけると、宇宙船へ飛ぶ。フィゴ人のボルカイスは、数秒長くかかって出動部隊を組み、このグリーン生物たちも飛びたった。

ジャロカンは満足して息をついた。ピルソンにくらべて、せっかちでないとはいいがたいが、より自制心がある。飛行プレートの床にすわりこむと、目を細めて宇宙船のようすをうかがった。暗くて裸眼ではほとんどなにも確認できない。巨大な岩塊にかこまれ、視界がさえぎられて、遠くの銀河が見えない。イホ・トロトだけは苦労せずとも方向探知できる。目は赤外線を感知し、計画脳は最新のポジトロニクスに遜色《そんしょく》がないから。

それと反対に、同行者たちにとっては自転する虚無の縁で位置を確認するのは困難で、方向を見失い、ひきはなされるのではないかと大勢が不安を感じていた。

わずか数分後にはエチンラグから、主エアロックを開き、船に侵入したと連絡があった。

「格納庫にはいった。なにもかも平穏だ。船の非常装置は明らかにまだ作動している。照明がついていて、室温も快適だ」

「こちらはべつの格納庫だ。蹄鉄の開いたほうのはしに位置している」と、フィゴ人のボルカイス。「ここもすべてしずかだ。こちらにきても問題ないだろう」

「われわれ、主エアロックに向かおう」イホ・トロトは決断し、飛行プレートを船に向けるようピルソンに合図した。

トロトはこの未知宇宙船が破損した原因を考えていた。物質塊に衝突したとは思えない。外側には損傷が確認できないからだ。

エチンラグがサウパン人十名とともにいるはずの格納庫にはいった。ほかのサウパン人二名はプレートにのこる。

「どこにいる？」ハルト人は通信でたずねた。「応答せよ、エチンラグ」

「われわれを待つようにと、かれらは命令をうけたはずだが」ゲルジョクのピルソンが不機嫌にいった。「サウパン人には規律というものがない。それが変わらなければ、この戦いに勝利することはないだろう」

「格納庫を早く出なくてはならない理由があったのかもしれんな」イホ・トロトは冷静に答え、内心の不安を押しかくした。

ピルソンは宇宙服のヘルメットを開くと、憤慨して大声でいった。

「キルシュ！　腹が減った！」

助手が駆けよってきた。背負っている箱形の容器には、ピルソンが美味だと認めるさまざまな食糧がつまっている。ゲルジョクのリーダーは、貪欲になかに手をいれた。

「まだ〝恒星の目〟があったのか」クルミ大の木の実をいくつも口につめこみ、音をたててむさぼりながら、夢中になって話す。「なぜ、もうない、などといったのだ？」

「大食いだな」イホ・トロトは無遠慮にいった。「そんな調子じゃ、そのうち歩けなくなるぞ」

ピルソンは大きく嘆息した。

「あなただって痩軀《そうく》ではないだろう、イホ・トロト。だが、都合がいいことに、ここにはあなたの種族はほかにいないから、そのからだの大きさがふつうなのか、あるいはでぶなのか、判断できない」

「きみの場合は逆だな」ハルト人はおもしろそうに応じる。「ほかのゲルジョクと比較できるから、その体型の原因が大食いなのはかくしようがない」

「ふん！」ピルソンは怒って、笑い声のように響く切れ切れの音をひとつづき発した。

「ほらまた、思い違いが起こるからくりが、わかった。これまであなたが関わったのは、われわれの種族のうち、飢えてやつれた者だけなのだ」

「奇妙なもんだ」と、イホ・トロト。「かれらにも食糧は充分あるようだが。あるいは違うのか？」

「〝恒星の目〟をあとひとつ」ピルソンはねだるようにいい、助手が容器を閉める前にすばやく手をいれると、またハルト人のほうを向いた。「で、なんの話だった？」

「もういい。いまは、サウパン人の問題のほうが、きみの太りすぎの話よりも重要だ」

「"恒星の目〟をもうひとつくれ」ピルソンは助手に命じた。「ちゃんと食べたほうが、わたしがより巧みに難題を突破できるとわかっているだろう」

「もうやめておけ」イホ・トロトがいった。「忙しいのだから」

ピルソンは怒ってこぶしを両腹にあて、くちばしを開き、いばるようにいった。

「わたしは好きなときに食べる。だれにもじゃまはさせない。キルシュ……非常食をくれ」

助手はやけにあわてて指示にしたがい、イホ・トロトは不機嫌そうに口を結んだ。ピルソンが反抗するのも、助手に過度に手伝わせているのも気にいらない。しかし、いまはこのゲルジョクや、その仲間と論争したくはなかった。いつでもかれらを規律に服させられる、と、かたく信じている。自分たちが拠点として使っている基地にふたたびはいったら、ピルソンと話せばいい。

「なんの話をしてるんだ？」ジャウクのジャロカンが立腹した。「ほかにすべきことはないのか？　イホ・トロトのいうとおりだと思う。サウパン人の居場所をつきとめなくては」

この両生類生物は、実際よりもからだを大きく見せる宇宙服を着用していた。防護ヘルメットの透明ヴァイザーごしに、視覚管、聴覚触角、味覚器官が見える。それが、帽子のような半球形のまるみの上についている。

かれは宇宙服に細工していた。どのジャウクもそうだが、水を携行できるように風船形の構造物をつけている。水は宇宙服の二重構造の層から内側にしみこみ、湿り気がほしいときに、しばらくからだを浸せるのだ。その後、ふたたび服は乾燥され、清潔にされる。しかし、このシャワーは、ジャウクが健康をたもつためにときどき必要とする水浴の、軽い代替物にすぎなかった。

イホ・トロトはジャロカンに合図して、批判のこもった抗議に賛成だと知らせると、決断していった。

「われわれ、三名ずつのグループに分かれよう。そうしてこの格納庫に接する空間をくまなく捜索する」

グループ分けはジャロカンとピルソンにゆだね、トロト自身はブルーのシンボルがついたハッチのほうを向いた。ハッチのなかでもっとも大きく、宇宙船内に巨大輸送貨物を搬入するために設置されたようだったからだ。

「エチンラグ」と、呼びかける。「そろそろ応答してくれ」

サウパン人はやはり沈黙していた。

ハッチの前で、イホ・トロトはためらって立ちどまった。不安を感じはじめたが、まもなく事態を掌握《しょうあく》できると望みをいだいていたため、その感情はほかの者には知られないようにした。

セト＝アポフィスと戦う抵抗グループの者たちとすごすようになって、すでに数週間が過ぎた。この間、なんらかの方法でトロトや抵抗グループと関わろうとするような超越知性体の行動は皆無《かいむ》だった。セト＝アポフィスは、計画を脅かす恐れのあるグループが存在することを忘れているかのようだ。

しかし、そんなことがありえるだろうか？

イホ・トロトは、戦いの勝利を望むには情報がすくなすぎるのを自覚していた。いま、どの宙域にいるのだろうか？　銀河系とアンドロメダのあいだでハルト船をとらえたエネルギー渦によって、どこに吹き飛ばされたのか？

努力はしたが、現ポジションの特定はおろか、エネルギー渦によってどれだけ移動したのか距離を概算できるようなよりどころも、まったく得られなかった。

さまざまな大きさの物質ブロック数百万にかこまれ、視界がさえぎられて星々が見えない。はてしなくひろがるように見える瓦礫フィールドに、きわめてめずらしく隙間が一度できたとき、数分間、ごくちいさい光の点が見えた。

銀河の類《たぐ》いだろうが、あまりに遠く、高度に発達した天文観測機器でも、その光の特定は不可能だろうということに疑念の余地はなかった。しかし、そのような機器は、この宙域には明らかにない。セト＝アポフィスの補助種族が居住し、超越知性体のために働いている基地はすでに見た。技術的機器はいくらでもあったが、観測機器は存在しなかった。

そのため、イホ・トロトは故郷銀河への帰還の問題をあとまわしにし、二番めの目的を第一に考え、完全に集中していた。

この宙域でセト＝アポフィスがまさに大きな、きわめて重要なプロジェクトに従事しているのは明白だ。トロトはその作業をできるだけ効果的に妨害しようと決心していた。セト＝アポフィスが〝封印〟を解くことをめざしていると、すでにつきとめた。明らかにその動きと関連して、制動物質が発生している。いまは、そのような制動物質のこれ以上の発生を阻止することが第一だとハルト人は考えていた。かれはフロストルービンに接近し、究極の謎の手がかりをつかんだのだ。

これまで、セト＝アポフィスが自身に抵抗運動をする者の存在に気づいているのかどうか、不透明だった。トロトに狙いを定めた行動はまだ見られない。

しかし、超越知性体に反撃されないまま、その計画と実施を妨害しつづけるのは不可能だろうと、トロトは思っていた。

この宇宙船はセト＝アポフィスの罠だろうか、と、いまは自問していた。

超越知性体は妨害に反応するだろうか？　そのとき、どんな武器を投入するだろうか？

イホ・トロトは内心の不安と戦い、考えをほかの者には打ち明けなかった。自分の頭のなかでめぐっている思いをかれらが知れば、すぐに宇宙船から逃げだすだろうと恐れていたのだ。

セト＝アポフィスの力はほぼ無限大だと、トロトは疑わなかった。自転する虚無の縁にある基地を早急に破壊できる武器を入手できなければ、セト＝アポフィスに比して、トロトは丸腰のようなものだ。

「われわれ、より敏捷《びんしょう》にならなければならない」トロトは何度も、ともに抵抗運動をするジャウク、ゲルジョク、サウパン人、フィゴ人にいった。「基地を次々に攻撃し、破壊する必要がある。効果をあげたければ、一日に大量に破壊しなくては。あるいは、基地以上にセト＝アポフィスが本質的に傷つきやすいような弱点を発見しなければならない」

いまは、決定的な効果をおよぼす行動につながる武器を獲得するチャンスが生まれそうだった。一ゲルジョクが、瓦礫フィールドの偵察中にこの蹄鉄形宇宙船を発見し、報告してきたのだ。

「われわれ、この船を建造した種族と接触したことは一度もないが」ピルソンは興奮していった。「しかし、この種族が武器を投入した惑星はいくつか見た。これが充分な根拠となったので、そこはできるだけ大きく回避した。そのような武器のひとつでもあれば、われわれ、この宙域で最大勢力になれる」

イホ・トロトは、ピルソンが事実にこだわらない男だと見ぬいていた。大仰《おおぎょう》に話せば発言に重みをあたえられると思っている節があり、たいていの発言は誇張だ。それでも、未知生物の武器はきわめて有効にちがいない。ピルソンの話の半分しか正しくないとしても。

しかし、この宇宙船はどこからきたのか？　やはりセト＝アポフィスがエネルギー渦を使って宇宙空間を飛ばし、おとりとして抵抗グループの鼻先につきつけたのか？　超越知性体は、こうして抵抗グループの全滅作戦を開始しようとしているのだろうか？

エチンラグと同胞のシュプールがなくなってしまったため、そう感じられる。はげしい攻撃も覚悟しながら、イホ・トロトはハッチを開いた。

同時にからだの分子構造を転換させて、テルコニット合金の高速の銃弾があたってもダメージをほとんどうけないような超硬質物質の塊りになった。

だが、攻撃をうけることはなかった。

それにもかかわらず、驚いて立ちつくす。

宇宙船深部につづく目の前の通廊に、サウパン人が骸《むくろ》となって倒れていたのだ。

「イホ・トロト！」ピルソンが叫ぶ。「なにがあった？」

「サウパン人を発見した」トロトは動揺して答えた。「死んでいる。全員だ」

しかし、すぐに修正した。

「違う。いまのは正しくなかった。ここにはサウパン人十名の防護服しかない。ひとりたりない」

2

ケドルクはシートから跳びあがり、急に振りむくと、両腕をのばした。興奮のあまり言葉が出てこない。

艦長のグコルは不機嫌そうにケドルクを見つめてたずねた。

「どうした？　くちばしが開かないのか？」

「奇蹟です」探知士は甲高《かんだか》く響く声で答えた。「ほんものです。この目で見ました。いま、あれが実在するとわかったのです」

グコル艦長は、シートから滑りでた。よたよたした足どりでケドルクに近より、凝視する。探知士が思考力を失っていないか、確信が持てないとでもいうようだ。

「どんな奇蹟だ？」

「〝アンテナ〟です。〝神のアンテナ〟です」ケドルクはうしろを向き、探知スタンドの制御コンソールのキイをたたく。しかし、艦長がその腕を押さえて、強くいった。

「だめだ、やめろ。行動する前に、神官を呼ばなくては。神官がいないのに、そのような奇蹟を観察する権利は、われわれにはない」

ケドルクはうなだれて、うなずいた。

「はい、わかります」

深く後悔したように応じると、シートにもどり、からだを飾る二本の編みひもを正しい位置にもどしてから腰をおろした。ひもにはさまざまな装飾品と二挺《ちょう》の武器がかかっている。

グコルはシートの前でとまり、司令室を見まわした。

長さ五百メートルの針形宇宙船の先端に位置するこのキャビンには、自身とケドルクのほかに十二名のクルウンがいる。全員、裸体に綱を巻きつけ、それぞれがだいじだと思う多種多様なものをとりつけていた。

艦長は二挺のエネルギー銃を飾りにしている。重くてかなりじゃまだが、それはクルウンの偉大な英雄に数えられる先祖の形見なのだ。どんなことがあっても身からはなさないだろう。この二挺には、とうの昔に亡《な》くなった先祖を決死の出撃のさいにきわだたせたエネルギーの、すくなくとも一部が宿っていると確信していた。ときには、銃からエネルギーが自分に注《そそ》ぎこまれるのを感じることもあった。

ほかのクルウンも、艦長とほぼ同様の状態で、だれもが綱や編みひもを身につけている。グコルは、こうした装飾品をつけずに公けの場にあえて出るクルウンの話など聞いたことはなかった。装飾品の存在を意識することもほとんどない。これは種族にとり、体格などの事実と同じように自明のものだった。クルウンの身長は百六十五センチメートルほどで、短い羽根がほぼ毛皮のように全身をおおっており、白い地色にたくさんの紺色の斑点模様がある。

グコルは樽形のからだを大儀そうに動かし、艦長シートにすわって両腕をのばし、計器盤に鉤爪を乗せた。両手に七本の鉤爪があり、すくなくとも十台の制御機器を同時に操作することができた。頭はつねにあちこちへ動いている。それは司令室のほかの要員たちが一瞬でも視界から消えるのを、恐れているかのようだった。しかし、そうして動くのは艦長だけではなかった。ほかのクルウンの頭も、絶え間なく動いている。

艦長の前のスクリーンに、肩に何重にも綱を巻きつけた一クルウンの顔がぼんやりあらわれた。信じがたいほどしわだらけの顔が、スクリーンいっぱいにひろがる。

「神官」艦長はいった。「どうか、司令室におこしください。探知ステーションでどうやら発見があり、神の存在が証明されそうなのです」

「ずいぶん大仰な言葉だな」神官はしわがれ声で応えた。くちばしのすぐ上にある黒くまるい目は眼窩《がんか》から飛びだしそうで、頭部の青い冠毛が前に大きくかたむいている。それはクルウンの聴覚器官の一部だ。神官の身振りから、艦長の話を正確に理解できたかどうか自信がないのがわかる。

「わたしには、それがなにか判断できません」グコルは説明した。「それについて考える権利すら、わたしにはないのです。それはあなたの仕事です。この理由からも、お願いですから、司令室にきてください。探知士が記録した映像を見られますから。奇蹟をフィルムにとらえたといっているのです。それが本当ならば、真実かどうかたしかめるため、この宙域にとどまるべきでしょう」

「奇蹟が存在するのは真実だ」神官は叱責するように艦長を見つめ、鋭くいった。「真実には証拠など不要だ。われわれがおのれの手でアンテナに触れることに成功したとしても、それは永遠に奇蹟のままでありつづけるだろう。あまりに大きく、われわれの頭脳では理解のおよばないものごとがある。神の星々のなかに、宇宙のさらなる謎の解明を可能にする被造物はいるかもしれない。しかし、宇宙のあらゆることにおいて全能となる存在は、神以外にいない。無限の宇宙に存在する万物にとって、奇蹟のまま変わらないものがあるのだ」

「わかっています」艦長は答えた。「奇蹟を疑うつもりはありません。ただ、あなたを司令室に呼び、自分の能力をこえるものの決断をおまかせする義務がわたしにはあると感じるのです」

神官はこの言葉で心がやわらいだようにいった。

「きみのとった行動は正しいようだ。そちらに行く」

＊

「ボルカイス」同じころ、イホ・トロトがいった。クルウンたちからわずか数キロメートルの距離だが、かれらの存在にはまったく気づいていない。「きみからの報告もなにもないぞ。応答しろ」

しかし、グリーン生物も沈黙している。ボルカイスもまた、目の前で骸になってころがるサウパン人同様の運命をたどったのかと、ハルト人は考えこんだ。サウパン人たちの防護服はずたずたに裂けている。だれか、あるいはなにかが、鋼の鉤爪で襲ってひきさいたかのようだ。襲撃は突然で、防御を考えることもできなかったのだろう。

ただ一名、生存者がいる。しかし、だれだ？　リーダーのエチンラグか？　かれになにがあったのか？　尋問のために連れ去られたのか？

「ほかのハッチを開けてくれ」イホ・トロトが命じた。「さ、急ぐんだ！　フィゴ人がどうなったのか知る必要がある」

「かれらも死んでいたら」ピルソンが声を震わせる。「われわれ、早急にこの宇宙船から退却しなくては」

ゲルジョクは、驚きに全身を貫かれ、助手に甘いものを要求することも忘れている。

イホ・トロトはひざまずくと、ひきさかれた防護服の一部を慎重にめくっていき、そのなかで生きていたヴェールのような生物の残骸を見た。

サウパン人を殺したのがだれにせよ、きわめて徹底的だ。

「ここには、だれもいない」ジャウクたちがほかのハッチを開いていったあと、ジャロカンの報告があった。「フィゴ人の姿はまったく見えない」

「ここでわたしを待て」ハルト人が答える。「ひとりで船を調査してみる。この事件をひきおこした者を発見したら、すぐに知らせる」

「思慮深い決断だ」ピルソンがほめた。「あなたには危険はないも同然。あなたほど防御が堅固な者はいない」

「自分が危険な目にあいたくないから、そんなことをいうのか？」ジャロカンは皮肉をいう。

「わたしにとってだいじなのは、われわれの組織と、セト＝アポフィスに対する抵抗だ」ゲルジョクは淡々と答えた。「だって、そうだろう？　われわれ、この船でメンバーの半数を失うだけでも、この先、数年間は望みがついえるかもしれない」

イホ・トロトはその意見が正しいと認めざるをえなかった。

自分もその一員となった抵抗グループは、弱小だ。すでに十名のサウパン人が死亡しただけで、かんたんには埋めあわせられない甚大な損失をこうむったといえる。この数週間で四十名をこえるジャウク、ゲルジョク、サウパン人、フィゴ人が抵抗組織の基地にやってきたが、こうした大きな流れは二年以上もなかったそうだ。今後もこれに匹敵するような増強は見こめない。だから、この宇宙船に不必要に長くとどまり、仲間の生命を危険にさらすのは無責任だろう。

「きみたちはエアロックまでひきあげてくれ」トロトは指示した。「緊急事態になれば、すぐに飛行プレートに行き、退却していい」

「接続をたもっておこう」ジャロカンはいって、ハルト人の隣りにならんだ。「通信機のスイッチを常時オンにしておけば、遮断されたらただちに対応できる」

「待ってくれ」イホ・トロトはジャロカンの背中に手を置き、やさしくほかのジャウクたちのほうに押しやった。「まさかわたしとともにくる気じゃないだろうな？」

「当然、いっしょに行くさ」ジャロカンは鋭い声でいった。「けっしてあなたをひとりにはしない」

「だめだ。ひとりで行く。きみはわたしの助けにはならず、むしろ足手まといになるだろう」

ジャウクは傷ついたようにトロトを見つめ、大声でいった。

「そんなこと、だれにもいわれたことはない。じゃま者あつかいするのか」

「そんなつもりはない」ハルト人は嘆息した。「ただ、わたしは危険におちいった場合、分子構造を転換させ、敵を大きな問題に直面させせてがんばれる。きみにはそれができない。だから、わたしはくりかえしきみの面倒をみるはめにおちいり、とにかくここぞというときに、敵に集中できなくなるだろう」

「きみはハルト人のじゃまになる。それを認めろ」ピルソンがはげしい口調でいう。

「きみたちがそう思うなら、もちろん異議はない」ジャウクは両手をあげてこの議論に降参する意志をしめすと、ぎごちなく見える動きでエアロックに向かった。「幸運を。われわれとの通信をたもつことを忘れないでくれ」

イホ・トロトは二重にならぶ円錐形の歯をむきだした。ついてくるなと、ジャロカンに単純に命令せずにすんで安堵したのだ。そんなことをしたら、敵をつくることになっただろう。ジャロカンは繊細で気まぐれだ。基本的に、問題に意見をもとめられることを重要視していて、頭ごしに決定されることをなによりも嫌う。自分が参加していない計画にはたいていどんなものでも強く反対するが、ともに議論を重ねれば、あっさりひきさがる。今回もやはり同じだ。

ハッチのひとつが開き、ボルカイスがフィゴ人たちをひきいて格納庫にやってきた。仲間ともども、無傷だ。

「なにがあった？」ピルソンが声をかけた。「なぜ、連絡してこなかった？　心配していたのだぞ」

「それはこちらのせりふだ」小太りの生物は答えた。「配慮というものを、きみたちは知らないようだ」

「われわれは、ずっと連絡をとろうと通信していた」と、イホ・トロト。「むだな骨折りだったが」

「あなたはそういうが、わたしは信じないぞ。全員でわれわれを攻撃にさらそうとしたんだ」

「ボルカイスをおちつかせてくれ」ハルト人は、ほかの者に呼びかけた。「わたしは、かれとけんかするつもりはない」

ハルト人は、サウパン人の遺体が横たわる通廊に出た。背後でハッチが閉まる。ひとりになりたいと、トロトはときどき心から思った。なにしろサウパン人、ゲルジョク、フィゴ人、ジャウクは助けになるというよりも、じゃまになることが多いのだ。しかし、かれらがいなくてはやっていけないこともよく理解していた。

「聞こえるか？」ピルソンの声がヘルメット・スピーカーから響いた。

「ああ、はっきりと」

「こちらもはっきり聞こえた」と、ゲルジョク。

イホ・トロトは走りはじめた。この宇宙船の自分たちが侵入した場所は、見積もりでは直径五百メートル。できるだけ早く司令室にはいりたい。

百メートルほど進んだところで正方形の空間についた。なかに足を踏みいれたとたん、とくになにもしないうちにハッチが背後で閉まったので、立ちどまる。だが、必要だとわかればいつでも打ち破れそうだ。不安はみじんも感じない。ハッチは自動的に閉まったのだろう。

ほかに変化は見られなかったので、先に進んだ。向かいのハッチも自動で開くかと思ったが、期待ははずれた。

スイッチを探していると、目の前に光るエネルギー・フィールドが生じた。四本の手で慎重に触れてみる。硬くて通過できないような手触りだ。

イホ・トロトは勢いよく向きを変え、べつのドアに向かって走った。しかし、すぐ手前で目に見えないエネルギー壁に衝突した。

「どうやら罠にはまったようだ」と、連絡する。「聞こえるか？」

応答はない。

両側の壁が動きはじめた。高速で迫ってくる。

ハルト人は腕組みをした。

だれか、あるいはなにかが自分を監視していて、殺そうとしている。壁はペンチのように幅をせばめてくる。

「わたしを押しつぶせるなどと思っているなら、思い違いもいいところだ」黒い肌の巨体はいった。

この言葉が唇からもれたとたん、壁の動きが突然に速くなり、勢いよく接近してきた。考える時間はもはやのこされていない。

防護ヘルメットのスピーカーから奇妙な音が響いた。

それは嘲笑するような響きだった。

＊

「われわれがここにいるのは、武器を発見できると思ったからだ」と、ボルカイスはいった。「きみたちは忘れたのか？」

ジャロカンが怒ったように見かえす。

「われわれ、武器はずっと探している。だが、問題はそこではない。まずいのは、イホ・トロトとの通信がとだえたことだ。武器の捜索は、一時中断するしかない。まずハルト人のことを考えよう」

「ほかの者に指揮官役をやらせるべきだ」ボルカイスは驚くほど冷淡にいった。

ジャロカンとピルソンは啞然としてボルカイスを見つめた。

よりによってフィゴ人が、このように公然とイホ・トロトに反発し、指揮官の交代を要求するとは、だれも予想していなかっただろう。

ボルカイスは、基本的になにも真剣にうけとめない印象を感じさせる男だ。これまで一度もイホ・トロトをとくに批判したり、前面にのさばりでたりして目だつこともなかった。そのためこんな言葉を聞くとは、ジャロカンとピルソンは考えもしなかったのだ。フィゴ人はほかの者たちが困惑しているのに気づき、突然、大声で笑いだした。

「きみたちは根本的に誤解しているようだな」有柄眼を大きくつきだし、ジャロカンとピルソンを狡猾《こうかつ》そうに見つめた。

フィゴ人が一歩動くたびに、銀色に輝く宇宙服がごわついた紙のような音をたてる。

「イホ・トロトがもどるまで、われわれのだれかが全員に対する責任をひきうける、ということだ。わたしが望むのはそれ以上でも以下でもない。もどったあとは、またトロトがすべきことを決断するだろう。かれはわれわれを凌駕《りょうが》している。組織のトップとしてかれほどふさわしい者はほかに見あたらない」

そういうと、フィゴ人は声もなく笑った。ドラム缶のようなからだが爪先まで震えているように見える。

ピルソンは助手が背負う容器を不機嫌そうにつかみ、それを開いた。両手で〝恒星の目〟をとりだすと、くちばしいっぱいにつめこみ、無理やりのみこむ。

「われわれをさらし者にしようとしたな」ジャロカンは立腹した。「そういうことは二度としてもらいたくない。まずい結果になるぞ」

「フィゴ人と悶着を起こしてみろ」ボルカイスはおもしろそうにいった。「一発くらうのは自明だ」

ボルカイスの身長はわずか九十センチメートルだったが、からだの幅が六十センチメートルもあり、ドラム缶のようだ。声はちいさい喉袋から発せられるため、ほとんどのフィゴ人の声はあわれにしゃがれて響くのだが、ボルカイスは違った。声をみごとに調整し、けたたましくも、やわらかくも響かせることができた。しかし、いつも皮肉がすかにこもっていて、ほかの者のようには真剣にふるまっていないことがわかる。

だが、今回の脅しは本気だと、ジャロカンとピルソンにはわかっていた。もし肉弾戦に巻きこまれたなら、まさに敗北を喫するだけだろう。フィゴ人の力は、大人のテラナー五名ぶんに匹敵する。ボルカイスはいざとなれば、同時にジャウク十名を相手にできる。ピルソンは、自分が助手の力を借りても、肉体ではボルカイスに太刀打《たちう》ちできないのを理解していた。

「われわれ、別行動をしたらどうだろうか」ジャロカンがいった。「イホ・トロトは、通信がとだえた場合、すぐにエアロックにひきあげろといっていたが、わたしはかれの救助を試みるべきだと思う」

「そうするなら、われわれ、トロトが行った道をたどらなくては」ピルソンがきつい声でいった。「ほかの道では意味がないだろう」

「その逆だ」ボルカイスは反論した。「われわれが相手にしている敵は、船のどこかに潜伏している。イホ・トロトがいると思われる場所に向かえば、かれと同じ罠にはまる。しかし、べつの道を行けば、敵を発見し、倒すチャンスがある」

この論拠に、ほかの者たちはなびいた。グループに分かれ、さまざまなハッチを通って格納庫をはなれた。

＊

神官のトカルが司令室にはいってくると、クルウンたちはシートから立ちあがった。このように敬意を表するのは、かれらにとって当然のことだった。トカルはきわめて影響力があり、その縁故関係は、この宙域で行動するクルウン艦隊の戦闘指揮官ヘルゴを凌駕し、実質的な権力者たちにまでおよんでいた。

「映像を見せよ」神官は命じた。太っていて、まるい頰が目だつ。大儀そうに探知スタンドのシートに向かい、あえぎながら腰をおろす。

探知士はすでにすべてを準備していて、あとはただキィに触れるだけだった。再生がはじまった。

トカルは無関心な表情で、ケドルクが観察した結果に興味はまったくなさそうだった。しかし、急に顔色を変えた。

スクリーンに残骸片がうつしだされる。神官が見た映像は、はじめは宇宙船の周囲だけで、べつのスクリーンの光景と変わりなかった。しかし、突然、残骸のあいだに隙間が生じて瓦礫フィールドのかなり奥まで視界が開け、オベリスクのような明るく光る物体が見えたのだ。

トカルは驚いて急にからだを乗りだした。シートからころげおちんばかりだ。両手は震えている。くちばしを開くが、ひと言も声が出ない。

隙間はふたたび閉じて、光る物体は姿を消した。

「もう一度……」神官はつかえながらいった。「もう一度見たい。うつすのだ」

声はかすれていて、その望みがわかっていなければ、ケドルクは理解できなかっただろう。探知士は映像リールを再生した。神官の前のスクリーンにまた、光る物体があらわれる。

「とめてくれ」トカルは命じると、平静さを失ったようにかぶりを振った。

「ほんものです」グコル艦長はいった。「そこにある。〝アンテナ〟は存在します。聖遺物は実在するのです」

「あそこに行かなくては」神官がいった。「さしあたり、艦隊指揮官には知らせない。われわれ、アンテナへ向かう。奇蹟が起きたと公けにする前に、この両手で触れてみなくては」

3

イホ・トロトは、壁が自分に迫ってくるのを確認した。防御する時間はもはやのこっていない。罠は数秒で閉じてしまう。

思わずハルト人は叫び声をあげて、鋼の壁を押しとどめようとでもいうように、四本の腕をのばした。つづいて災《わざわ》いが降りかかった。

ほかの有機的生物であれば、押しつぶされていただろう。

しかし、ハルト人は抵抗に成功し、手を鋼にくいこませた。だが、壁をとめることはできない。圧倒的なエネルギーによって幅をつめてきて、黒い肌の巨体を閉じこめようとする。しかし、イホ・トロトは壁よりも強い抵抗力があることを証明した。いま、そのからだは極度に硬い物質で構成され、壁をへこませた。巨体は押しつぶされなかった。

それでもトロトはとりかこまれ、ほとんど動きがとれなくなった。

トロトは笑った。

「それではだめだ」と、大声でいう。「ほかの方法をためしてみろ。これではわたしを殺せないぞ」

とてつもない力でからだをつっぱり、壁に抵抗する。しかし、腕はまったく動かせなくなっていた。

トロトは驚いた。どうやら、もはや罠から逃れられなくなったようだ。鋼の壁を押し返すのに必要な余地がすこしもないからだ。筋肉を膨張させるが、それではたりない。

「おまえが何者であろうと」低い声をとどろかせる。「まだわたしをわかっていないな」

トロトは宇宙服のヘルメットを開くと、頭を前につきだした。円錐形の歯を鋼にくいこませ、塊りを大きくちぎりとった。哄笑《こうしょう》し、鋼を歯で噛みつぶし、のみこんでしまう。胃のなかで消化のいい物質に変化させ、戦いに必要なエネルギーを得るのだ。

その後、さらに数回、鋼を食いちぎって空間をつくりあげると、腕一本を頭までひけるようになった。こうして自分をとりかこむ障害物に穴をあけ、こぶしをたたきつけて鋼を押しもどし、さらに空間をひろくしていった。とうとう二本めの腕も自由になり、腕二本で壁を破壊できるようになった。重労働のすえ、空間をつくりあげる。力が弱まるのを感じると、鋼を食いちぎって噛みつぶし、胃のなかでエネルギーに変換した。努力を重ね、とうとう壁に穴があく。光がさしこんだ。イホ・トロトはさらに精力的に動き、まもなく牢獄からの脱出に成功した。ほかの生物であれば死んでしまっただろう。

「ピルソン、聞こえるか？」と、呼びかける。「ジャロカン！　エチンラグ、ボルカイス、通信してくれ！　どこにいる？」

しかし、こんども応答はなかった。

こちら側からでは、壁がどのように動いたのか確認できない。しかし、床や天井に機械がかくされていて、その力で罠が閉じたのかもしれなかった。

もしエネルギー壁で同じように攻撃されていたら、万事休すだっただろう。そうハルト人は考えて、愕然とした。自分は持ちこたえられなかったかもしれない。

ハッチが開いて、奇妙なロボットがはいってきた。皿のようなかたちで、スプリングつきの伸縮自在の足四本で歩いている。ぶあつい皿形ボディの直径は四メートルだ。皿の縁からはいくつか機器がのびていて、それは武器のように見えた。性能不明なロボットと戦うつもりはなかったので、ハルト人はべつの開いているハッチから逃げだした。

そこは非常にせまく、かれはなんとか通過できたが、皿は追ってこられない。

また仲間に呼びかけるが、こんども通信はつながらなかった。

まずは船の司令室を探すのはあとまわしにして、周辺部で武器を探すことにする。妨害もうけずに通廊をいくつもぬけて、一ホールにはいった。見慣れないマシンがならんでいるが、一瞥《いちべつ》しただけではその機能はわからない。調べてみて、ようやく武器に関係する印をいくつか発見した。しかし、全体は巨大な装置で、基地への搬出などとても無理だ。

一方、この蹄鉄形宇宙船を短時間で自分たちのものにし、主要部分を充分に制御し、操縦することなど、不可能に思えた。そこで、ハルト人は先を急いだ。輸送船が緊急に必要だが、このクラスの宇宙船は役にたたない。操作に大きな問題をかかえていては、より重要なほかのことがらに力を注げないためだ。

つづくキャビンにはいると、ここにも天井までマシンがならんでいる。イホ・トロトは自分を狙う監視カメラに気づいた。天井下にさがっていて、回転している。

トロトはすばやくわきにころがり、マシンの裏にかくれた。恒星のように明るいエネルギー・ビームがすぐそばをかすめる。頬に熱を感じて、驚いてうなり声をあげた。

ここにとどまってはいられない。司令室に行かなくては。そこにわたしの命を狙う者がいる。有機知性体か、ロボットか。探りださなくては。

＊

ジャロカンはすわっていたシートから立ちあがった。前のスクリーンが光っている。そこに、イホ・トロトが大きくジャンプしてマシンのかげにかくれる姿がうつったのだ。

ジャウクはいくつかキイに触れた。触れるたびに映像が切り替わる。しかし、ハルト人は二度とあらわれなかった。

「エネルギー・ビームが命中しなかったのは、奇蹟だ」ジャロカンはいった。

「いま、トロトはどこにいるので？」ジャロカンひきいるグループの一ジャウクがたずねた。

「わからない」と、ジャロカン。「見失ってしまった」

またいくつかキイに触れるが、イホ・トロトがふたたびスクリーンにあらわれることはなかった。いまいた場所から逃げるように立ち去ったかのようだった。

＊

「なにか食べ物をくれ」ピルソンは甲高い声で要求した。シートを回転させる。ここはピルソンひきいるグループが思いがけず到達した武器管理室だ。

キルシュは無言で背中から容器をおろしてピルソンの前に置くと、武器の印がついたさまざまな制御盤と、キイやレバーのある操作コンソールをさしめした。

「われわれ、武器管理室を発見しました。そろそろイホ・トロトを呼ぶべきではないでしょうか？　あるいはもう連絡したのですか？」

「いまはできない」ピルソンは答えた。数分前からこのキャビンにいる。ピルソンとキルシュがいるだけでゆとりがなくなるような空間だ。「わたしのかわりに遅れを挽回してくれ」

キルシュは自分の通信機のスイッチをいれて、イホ・トロトに呼びかけた。

＊

ボルカイスは天井まで制御機器のつまったせまいキャビンを出ると、かぶりを振った。

「ここはどうやら制御室のようだが、なにかを作動させる方法がさっぱりわからなかった。すべてなじみがないものばかりで、記号はどれもアコーシャ語では書かれていない」

「残念だな」ボルカイスひきいるフィゴ人のひとりがいった。通信士だ。「外の通廊にいたとき、なにか聞こえたように思ったのだが。どこか作動させるため、せめてなにかためさなかったのか？」

ボルカイスの有柄眼が通信士に向かってのびた。すこし震えている。いまの質問は痛いところをついてしまったようだ。

「いや」ボルカイスはあわてたようにいった。「なにもさわっていない。なにもだ。わかったか？」

「それほど重要なことではないが」通信士が答える。「わたしがやってみようか？」

「いや」ボルカイスは拒否した。「無意味だ。われわれは、ラウデルシャーク基地を破壊するための武器を探している。ここには武器はない。これ以上ここにのこっていても、みすみす時間をむだにするだけだ。イホ・トロトのほうはどうだ？　なにか連絡してきたか？」

「いや」べつのフィゴ人が答えた。ボルカイスの奇妙な行動が腑に落ちないようだ。「通信はとだえている。おそらく、もはや生きていないだろう」

＊

イホ・トロトは天井に向かってはねあがった。こぶしを宙で回転させ、監視カメラに向かって強く打ちつける。床に着地すると、わきにころがってマシンのかげにかくれたが、恐れていた攻撃は起きなかった。どこかの制御室から監視していた見知らぬ者は、明らかにあきらめたようだ。

トロトは嘆息し、

「司令室を見つけて破壊しなくては」と、声に出していった。船の周辺部に向かう決断をしたことを後悔していた。この未知宇宙船の謎を解き明かすには、明らかに誤った方法だった。船内にはトロトに抵抗する力がまだ存在しているようだからだ。

本当にそうか？　トロトは考えた。それは本当にかつての乗員、あるいはロボット装置なのだろうか？　抵抗グループのだれかが裏にひそんでいるのではないか？

ジャロカン、ピルソン、ボルカイスとかわした議論を思いだした。あの三名がもはや自分を全面的に支持していないのは明白ではなかったか？

　長く待ちすぎたのだ、と、自身を責める。ラウデルシャーク基地を攻撃せず、なんらかの行動もしないまま、数週間も過ぎてしまったのは失策だった。三名には憤激をぶちまける機会がなかった。なにもしなかったあいだに攻撃性が高まり、それがいま、トロトに向いている。そんなことをしても自身が傷つくだけだと、三名ともわかっているはずなのに。

　サウパン人のエチンラグはどうなったのだ？

　まだ生存しているかさえわからない。サウパン人を外見的な特徴で見分けることも不可能だ。奇妙な防護服を着用していて、見かけは全員が同じだから。

　ハルト人はハッチを開いて隣りのキャビンにはいろうとしたが、愕然として立ちどまった。数歩先にサウパン人が、そのからだには大きすぎるシートにすわっている。

　その生物は驚いて振りかえり、エネルギー銃を向けてきた。しかし、すぐに銃身をおろした。

「イホ・トロト」と、いう。「やっときたか」

「なにがあった？　きみはだれだ？」

「エチンラグだ。なぜ、たずねる？」

　ハルト人はキャビンにはいり、サウパン人の前のスクリーンを見つめた。そのひとつに、自分が未知の敵に銃撃されたキャビンがうつっている気がした。確信は持てなかったが。

エチンラグか？　ハルト人は不思議に思った。エチンラグが、わたしを殺そうとした者だったのか？　どんな理由があったというのだ？　これまで前面にのさばり出てきたことは一度もなく、反対につねにあらゆる責任を拒否してきた。指揮官役をひきうけるよりも、他者に順応することを望んだ。それはただの策略だったのか？

「なにがあった、エチンラグ？」

「自分でもわからない。突然、ロボットが前にいて攻撃された。撤退するよりほかにしかたなかった。仲間に逃げるように声をかけながら、ロボットを銃撃した。しかし、ロボットはエネルギー・バリアで守られていて、痛手をあたえられなかった。そのあと、いきなりひとりになっていた。その後なにが起きたのか、もうわからない。記憶がないのだ。このキャビンでようやく意識がもどった」

「ほかのサウパン人は死んだ」ハルト人はいった。「ロボットに全員、殺された」

エチンラグは黙った。ハルト人はその心境を思案した。

「この宇宙船を脱出しよう。船内にあるかもしれない武器はあきらめる」と、トロトはいった。

「それはつまり、ラウデルシャーク基地の攻撃計画を断念するということか」サウパン人は通廊に出ながら話した。「あるいは有効な武器がないまま、攻撃を試みるのか？」

「この船に侵入したのは間違いだった」ハルト人は認めた。「ここを早く脱出したほうが、われわれ全員にとって得策だ。何者かが船の全乗員を殺したか、あるいは追放したのだ。はじめに気づくべきだった。われわれの戦闘手段はおそらくここにあるものよりも粗末だから、敗北を喫するしかなくなる」

「あきらめるのか？」

「これは使命とは、まったく関係ない」ハルト人の答えは、思っていたよりも荒々しくなった。「わたしはきみたちをここに連れてこようと決断し、失策をしでかした。それがわかったから、唯一可能な結論をひきだしているのだ」

突然、ボルカイスの声がヘルメット・スピーカーから響き、トロトは立ちどまった。

「どこにいる？」と、たずねる。「聞こえているぞ」

「こちらもだ」フィゴ人はうれしそうに答えた。「目下、われわれ、通廊にいる。天井はむらさき色の縞《しま》模様だ」

「おぼえている」ハルト人はいった。「わたしもそこにいた。待っていてくれ。すぐに行く」

うしろを向くと、サウパン人を強引にひきずり、通廊やキャビンを走りぬけ、フィゴ人たちの前に出た。

フィゴ人たちは一生物に向かいあっていて、麻痺作用にかかっていた。生物は、イホ・トロトが先ほど遭遇した皿状ロボットのなかにいるせいで、巨大なクモのように見える。いっぷう変わったそのからだは球状で、青、赤、黄、グリーンの線で混沌とした模様がある。そこから人類の頭程度の大きさの有柄眼が一本、つきだしていた。

そのこぶし大の瞳孔《どうこう》には、銀色に光る横向きの矢印があった。

うめき声をあげながら、フィゴ人たちは生物からうしろにさがる。数名は頭にひっこめた目に手をあてている。頸のまわりをフリルのように縁どっている知覚器官が、全員垂れさがっていた。こんなようすのフィゴ人を、イホ・トロトはこれまでまったく見たことがない。

床にグリーン生物の武器が散らばっている。

イホ・トロトは目の薄膜を、ちいさい点のような部分だけをのこして閉じた。ゆっくり球状生物に歩みよると、

「失せろ！」と、とどろくような声でいい、エネルギー銃をその目に向けた。目から発するプシオン・エネルギーは非常に強力で、トロトも完全に逃れることができない。

「そいつは殺せない」ボルカイスが疲労困憊《こんぱい》したようにいう。「不可能だ」

ハルト人はエネルギー銃を発射した。ビーム・プロジェクターから発した閃光が、未知生物の前にあるエネルギー・バリアに命中した。

イホ・トロトは不審に思って攻撃を中断した。未知生物が高笑いする声が聞こえた気がしたのだ。はてしない優越感にひたり、腹をかかえて笑う、ヒューマノイドに向かいあっているかのようだ。

うしろを向くと、走り去ったフィゴ人たちのあとを追って通廊に逃げこんだ。軽くきしみながら背後でハッチが閉まったとたん、耐えがたい重荷が落ちた気がした。

「まったくなんということだ」ボルカイスは頭をかかえた。「精神が錯乱しかけた。あんなに不安になったのは生まれてはじめてだ」

ほかのフィゴ人たちも興奮して話している。イホ・トロトはフィゴ人たちが精神的ストレスを発散できるよう、そのままほうっておいた。

ジャロカンとピルソンの声が聞きとれた。合流し、どこか近くにいるようだ。ふたりの話から居場所がはっきりわかると、トロトは手で合図して呼びかけた。そのさい、自分が計画したことについては黙っていた。

とだえていた通信が急につながったという事実に不安を感じる。トロトには、それは全員に対する攻撃の前兆に思えた。つまり、敵が明らかに圧倒的な力を保持していると告げているか、あるいは、自分たちが重要な船載兵器のそばにいる可能性が高いということだ。

「気をつけろ」ジャロカンとピルソンがそれぞれひきいるグループとともに到着すると、

トロトはいった。「すぐにはじまるぞ。われわれ、退却するが、敵はこちらを押しとどめようとするだろう」

ピルソンは強く抗議したが、すぐにハルト人の論拠に屈した。死者が出て弱体化し、もはや超越的な武器を手に入れられないのに、その武器をめぐって戦いつづけてもしかたないとわかったのだ。ハルト人は自分の指示が無視されたことにはもうとりあわず、サウパン人とのこった三グループをひきつれて自分たちがはいってきた格納庫の付近までもどった。格納庫まであと五十メートルというとき、眼前に赤く光るエネルギー・フィールドが生じて、通廊が遮断された。

攻撃がはじまった！ その思いがハルト人の頭をよぎる。こうなっては、のるかそるか。われわれか、あるいは敵が勝利するかだ。

からだの分子構造をすばやく転換し、側壁に向かって勢いよくぶつかっていった。壁を打ち破り、ドーム天井のホールに出る。中央には多彩な色に輝く球体が浮いていて、そこからいくつもらせん状の瘤《こぶ》がつきだしている。

「あれが武器にちがいない！」ピルソンが叫ぶ。「こういう形状だと、かつて聞いたことがある」

「きみたちゲルジョクは、この蹄鉄船を建設した種族に直接会ったことはないはず」ジャロカンが疑う。「どうして武器がこういう姿だとわかるのだ？」

「噂だ」ピルソンはつっけんどんに答えた。いくつか木の実を口につめこみ、音をたてて嚙みつぶしている。「わたしが滞在した多くの惑星で、その種族と武器についての噂がたちのぼっては消えた。だれもかれらと接触したことはないのに」

目の前の壁に、これまで存在に気づかなかったたくさんのハッチがあらわれた。それが横にスライドし、武器アームをそなえたピラミッド形ロボットが浮遊してくる。

イホ・トロトは銃撃を開始した。エネルギー・ビームが輝く球体に向かってはなたれたが、わきにそれ、背後にいた一ロボットに命中する。ロボットは爆発し、轟音《ごうおん》を響かせて床に倒れた。

サウパン人、ジャウク、ゲルジョク、フィゴ人も銃を発射した。左右に散らばり、精力的にロボットを攻撃する。いま、この数週間の準備が有意義だったと証明された。抵抗グループの者たちはラウデルシャーク基地への攻撃にそなえ、くりかえし戦闘を想定して訓練し、特殊技術を発達させてきたのだ。それが実を結んだ。装備にふくまれるエネルギー・フィールド・プロジェクターを使い、ロボットの攻撃から身を守る。これは戦闘マシンの機器よりも性能がすぐれていると判明した。ロボットは次々に爆発し、ホールの床に倒れる。しかし、すぐに次のロボットがうしろから進みでてきた。戦闘ロボットはやむことのない流れとなって、ホールになだれこんでくる。

さまざまな銃の連続射撃で室温が急激に上昇した。イホ・トロトと仲間たちは防護へルメットを閉めて、耐えがたくなった熱から身を守った。

ハルト人はめずらしく不安になった。何度かエネルギー・ビームがすぐそばをはしったが、ロボットが発射したのか、仲間のものなのか、見分けがつかなかったからだ。ジャウク、ゲルジョク、フィゴ人、サウパン人の異質さから生みだされる、こえがたい溝が明らかになった。ハルト人はかれらのほとんどと密接に関わってきたにもかかわらず、乖離《かいり》を克服することはできていない。

ハルト人の内に笑い声が響いた。

〈おろか者め!〉と、未知の声がする。〈おまえたちは神と戦えると本当に思っているのか? 大勢が試みてきたが、まだわたしを苦境におとしいれた者は誰もいない。逆らった者は全員、そもそもわたしのそばに到達する前に惨敗した。よりによっておまえたちは、一度わが姿を見ることが許されたからといって、わたしに勝てるとでも思っているのか?〉

ハルト人は一瞬で、この声の正体がわかった。

皿形ロボットに運ばれていた、あの球状生物だ! 宇宙船の乗員を全滅させ、われわれを殺そうとしている、常軌を逸した者だ。

〈常軌を逸しただと! おまえはなにを知っている? 神とわたりあえると思うとは、おまえは何者だ、ハルト人?〉

イホ・トロトは腕を振りまわしながらロボットの一グループに突進し、同時に四体をつかみ、たがいを思いきり衝突させた。その残骸をはなれたところから攻撃してくるロボットのべつのグループにはねとばし、追いはらう。

〈友のひとりがおまえの命を狙っている〉精神錯乱者の思考の声がささやきかけてくる。〈殺されるぞ。ひょっとしていますぐにも、あるいは一時間以内、あすになってからかもしれない。だが、思いもしない瞬間に奇襲してくるだろう〉

「だれが？」イホ・トロトは思わず大声を出し、殺到するロボットから身を守っている者たちを見やった。「それはだれのことだ？」

未知生物は嘲笑した。

〈死ぬ瞬間、ようやくわかる。そのときでは遅すぎるがな〉と、声はいった。

〈理由は？〉ハルト人はたずねた。〈なぜ裏切り者が仲間のなかにいるというのか、教えろ〉

〈おろか者め、本当にわからないのか？　権力を欲する者がいるのだ。おまえの立場になりたいのだ〉

〈権力に飢えているのか？　では、かれらのなかで最強の者か〉

球状生物はまた笑った。

〈おまえの知識はあまりにすくない、イホ・トロト！〉

ハルト人はこの言葉をじっくり聞いた。すくなくとも一瞬、未知生物の精神が完全に明瞭になったようだった。

〈われわれとの戦いをやめろ〉イホ・トロトは要求した。〈われわれ、この船から退却する〉

〈生きて船から出られるのは二名だけ〉錯乱者が応じる。〈おまえと、おまえを殺したいと望んでいる者だけだ〉

こういうと、またもや錯乱者は大声で笑いはじめた。理性のコントロールがきかなくなったのは明らかだった。

イホ・トロトは近くのハッチに飛びこんだ。逃げ道を探そうとしたのだ。しかし、砲台の設置された反重力プレートに気づき、驚いてわきによけた。武器が完全自動操作ではないかと恐れたのだ。だが、砲撃はなかった。

すぐに心を決めてトロトはまた飛びだし、砲台に向かって走り、それを調べた。しくみは単純で数秒で理解できた。プレートをハッチまでよせると、ロボットの集団に向かって砲撃した。腕ほどの太さのエネルギー・ビームがキャビンを横切り、戦闘マシンだけでなく、床、壁、ハッチも破壊し、後続のロボットが侵入してくるのを防いだ。

しかし、イホ・トロトはまだ砲撃をやめず、さらにロボットたちがはいってきた壁を撃った。宇宙船の奥深くまで灼熱の炎につつまれ、船内は燃えあがる残骸の光景に変わった。

どこか壁の裏でエネルギー流につつまれた錯乱者の、耳をつんざくような死の叫びが聞こえた。死者の最期の思考から、犠牲になった乗員たちの悲劇が明らかになった。

そして突然、しずかになった。

「反重力プレートを持っていこう」ハルト人はいった。「それからその球体を外に出そう」

球体に近づくと、空気は熱で揺らめき、床に黒いシュプールがのこっていた。球を調べると、単純なスイッチがあるのがわかった。その記号から、搬送方法は明白だ。スイッチを操作し、数分後には武器はエアロックを出て、抵抗グループが基地から乗ってきた飛行プレートに向かって漂っていった。

搬送作業のあいだ、イホ・トロトはジャロカン、ピルソン、エチンラグ、ボルカイスにつねに目を光らせていた。錯乱者の警告を真剣にうけとめたのだ。とくに、なにかが本来の姿とは異なっていると気づいていたため、なおさらだった。

「脱出しよう。ボルカイス、プレートを操縦してくれ」トロトは命じた。

4

クルウン艦内は緊張がひろがり、全乗員をつつんでいた。

クルウン種族が有史の初期から神の存在のあらわれとして讃美してきた聖遺物を、探知センターが発見したという知らせが、急速にひろまったのだ。

艦隊から遠くはなれていたこの艦は、瓦礫フィールドの奥へ侵入し、〝アンテナ〟と呼ばれる、光る物体に接近した。

司令室では全員が無言だった。

艦長のグコルはいつもよりすこし大きく嘆息したが、神官のトカルは発見など急に気にならなくなったかのように冷静に行動していた。しかし、実際のところは、これまで生きてきて体験したことのないほど、動揺していた。探知士が勘違いをしたのではないか、アンテナがあった場所を艦長はもはや発見できないのではないか、という不安で心が震える。それでも、司令室にいる者には心の内が知られないように努力した。この感情が弱さだとうけとめられかねないからだ。

グコルは、からだのひもにつけた袋に手をあてた。そこには家族のヴィデオグラムがはいっている。それは自身の艦隊でのキャリアや、これまでの生涯での経験よりもずっと意義あるものだった。妻や子供のだれかが乗艦していたら、この歴史的瞬間をともに経験できたのに、と、思っていた。

われわれ、〝神の指〟を発見したのだ、と、ひとりごちる。

奇妙な感情に襲われた。きのうまでは、アンテナすなわち〝神の指〟は実際に存在すると、みじんも疑っていなかった。その思いは最高の存在に対する信仰の基盤をなしていた。しかし、いま、アンテナが存在するのを自分の目で見た。信仰に知識が踏みいり、突然、アンテナの絶対的な神性をもはや以前と同じようには信じることができなくなっていた。

一方、神官のトカルは違うらしい。

信仰が揺らぐことはなく、かつて心をとらわれたものに固執《こしつ》しつづけているようだ。これまでグコルは、神官と意見を異にする状況を体験したことはなかった。ただ、きわめてまれだが、トカルも思い違いをすることがあるのは認めなくてはならない。そうなった場合、失敗を認めて譲歩する準備がトカルにできていないため、共同作業はひどくむずかしくなる。グコルはとっくに、トカルと対決するのをあきらめていた。むしろ、好んで神官の意志に屈した。そのほうが安易だからだ。

突然、探知士のケドルクが叫び声をあげた。

「聖遺物の近くになにかがいます。飛行プレートです」

艦長と神官はシートから飛びだした。急ぐあまり、たがいにぶつかり、つかえながら謝り、探知スタンドによたよたと向かった。

ケドルクはスクリーンのひとつをさししめし、説明した。

「録画はとめました。飛行プレートが、ふたたび残骸の裏に消えたからです」

「多くの種族がいるとすでに聞いているし、出会ったこともかなりある」艦長はいった。

「しかし、このような生物は見たことがない」

「砲撃を！」神官が命じた。「消滅させるのだ！」

「先に接触もせず、殺すのですか？」グコルはたずねた。「かれらは重要な任務を負っているかもしれません！　聖遺物の護衛だという可能性はありませんか？」

「断じてない！」神官がいいはなつ。「われわれは選ばれた種族だ。われわれ以外に、アンテナのそばにとどまる権利を持つ者がいるだろうか？　いるわけがない。さ、逃げだしてしまう前に、攻撃せよ」

グコルは長くは考えなかった。

このような場合、神官が明らかに責任者だ。神官のほうが地位は高く、自分は命令をうける側なので、グコルはためらうことなく指示にしたがった。火器管制スタンドに急ぐ。やはりここにも専門員がいた。

「異生物を殺せ」グコルは指示した。七つの鉤爪がある両手を、からだを飾るひもにひろげる。「なにを待っている?」

専門員はいくつかキイを押す。さまざまな色のライトが光った。すると物質塊に隙間が開き、飛行プレートに乗った異人たちの姿がふたたび視界にはいった。

「発射!」神官が叫ぶ。

火器管制専門員は鉤爪をいくつかのキイにおろし、エネルギー流が宇宙空間に放出された。

*

イホ・トロトは飛行プレートの後部に立ち、不穏な気持ちで暗闇を監視していた。追跡されている気がする。残骸のあいだに不格好な物体がくりかえしあらわれ、何度か青い光が見えた気がした。

よけいな心配を招かないよう、ほかの者たちにはなにもいわなかったが、マシンの操縦を交代し、さらに注意力を高めた。

ジャロカン、ボルカイス、エチンラグとピルソンは黙っていた。四名のリーダーたちは、ほかの者たちのあいだにしゃがみこみ、物思いにふけっている。そのまんなかに、見慣れない武器システムの球が鎮座していた。

この球は本当にわれわれの利益になるのか？　ハルト人は思案した。これがトロイの木馬だったらどうなる？　これまでだれも、われわれの基地をとりまく防御バリアを突破できた者はいない。しかし、球を基地へ運びいれ、なかで爆発したら、われわれはおしまいだ。

防御バリアの通過前に、できるだけリスクを排除するため、武器システムをもう一度調べようと決意する。

ボルカイスが右手をあげてたずねた。

「もうすこし飛行スピードをあげられないのか？　いやな感じがする。なにかがおかしい」

瓦礫フィールドに隙間が開いた。遠い銀河がぼんやりした染みのように見える。イホ・トロトは赤外線もキャッチできる目を使って、瓦礫フィールドを進む針形宇宙船を確認した。しかし、同時に、残骸から残骸へと飛ぶ丸太のような影も発見する。青く光る目を持ち、そこから想像を絶する冷気が発している。

アウエルスポールだ！

トロトはひどく驚き、あわてて操縦桿《かん》をつかんだ。飛行プレートを転回させ、急加速させる。

この瞬間、エネルギー・ビームが乗り物から数センチメートルのところをはしった。イホ・トロトは目がくらみ、数秒間、なにも見えない状態でマシンを瓦礫フィールドに進める。プレートをあえて減速させない。アウエルスポールに襲われ、殺されないかと心配だったからだ。仲間が叫んでいる。かれらも視界を奪われ、物質塊に衝突するのを恐れていた。

だれにとっても、予想もしない攻撃だった。

イホ・トロトは記憶にたよってマシンを操縦し、ようやくふたたび視界が開けたときには、障害物すれすれを通過していたことを知った。

目の前に基地がある。セト＝アポフィスの補助種族のうち一種族がのこしたもので、いまは抵抗グループが使用している。トロトはとりきめた通信シグナルを発信した。エネルギー・バリアに構造亀裂が開き、飛行プレートはそこからはいっていった。

獲得した武器をまだ基地にいれないという計画は、この数秒間で忘れ去られた。目下、ハルト人とほかの者たちにとって、安全な場所への移動が肝心だ。

構造亀裂が背後で閉じると、ボルカイスは勝ち誇ったように腕をつきあげた。

「あぶなかった」ピルソンは安堵した。「いったい、だれが攻撃してきたんだ？　だれも見えなかったが」

これがほかの者たちにとって発言をする合図となった。興奮して、フィゴ人、サウパン人、ゲルジョク、ジャウクたちがたがいにしゃべりはじめた。

イホ・トロトは黙っていた。

飛行プレートのコースを基地のドームに向け、ハッチの前に着陸させる。アウエルスポールと針形宇宙船を発見したときに襲われた緊張から解放されていないのを感じた。

アウエルスポール……謎に満ちた生物だ！

あの不気味な生物がまたこの宙域に出現するなど、どうしてありえるのか。数週間前、自分はついにあの生物を、帰還できないはずの自転する虚無へ送ったのではなかったか。アウエルスポールがひっぱられ、虚無に姿を消したのをこの目で見たのだ。

イホ・トロトは、自分でさえ打ち勝つことのできなかった生物に恐怖の念をいだいた。長い生涯で、これほど自分が無力に感じる敵に遭遇したことはない。一騎打ちの対決に持ちこめないのはわかっていた。分子構造を転換させる非凡な能力さえ、役にはたたないだろうから。

「いったい、どうしたんだ？」内側エアロックが開いて基地にはいったとき、ジャロカンがたずねた。「黙っているな？　なぜだ？」

「たいした意味はない」ハルト人が答える。「そもそも、話すことなどあるのか？　われわれは幸運に恵まれた。それだけだ」

「そのとおりだ。エネルギー・ビームが命中するところだった。いったいどうして飛行プレートを急転回させたんだ？　撃たれるとは予想していなかったはずだが」

「偶然だ」ハルト人は言葉すくなにいった。

ジャロカンは宇宙服のヘルメットを開いて、大きく息をつき、

「そうかもな。神の力はわれわれの味方だ。われわれを救った」と、両腕をあげたが、またおろした。「事情がどうであれ……急いで水浴びをしなくては。でないと、干あがってしまいそうだ」

そういってよたよた走りだすと、ジャロカンは宇宙服を脱いで、ハッチのそばにある水槽に跳びこんだ。

＊

アウエルスポールは音もなく残骸の隙間に滑りこんだ。そこで動きをとめる。鈍く輝く目で、エネルギー・バリアに守られて侵入を拒む抵抗グループの基地を見つめる。

イホ・トロトは間違っていなかった。アウエルスポールは自転する虚無に送られたあと、そこから帰ってきた。この空間とアインシュタイン空間を行き来する能力があるのだ。そのさい、メンタルショックをうけることも、べつの領域へうつるさいの想像を絶する速度にひきさかれることもない。

アウエルスポールは別次元からきた究極の存在などでは、まったくなかった。相手を

あざむくためにそう主張しただけで、実際はセト＝アポフィスの指示をうけて働く〝宇宙の組立工〟なのだ。フロストルービンのあるこの宙域でのもっとも重要な使命は、〝アンテナ〟を整備して監視することと、抵抗グループを消滅させること。抵抗グループが危険をはらむ妨害要素となっているからだ。

アウエルスポールの目には、なかでもイホ・トロトがもっとも危険な存在にうつった。そこで、ハルト人殺害に集中するため、とくに重要でない用件はすべて中断していた。イホ・トロトをかたづけ、その基地を自転する虚無へ飛ばせれば、抵抗グループの力は砕かれると確信している。

ハルト人に対するこれまでの攻撃は失敗つづきだった。敵を見くびっていたせいだ。いま、クルウンもフロストルービンのある宙域に出現した。セト＝アポフィスの存在にまったく気づいておらず、超越知性体の操作をうけていない種族だ。しかし、アウエルスポールはこの機会を使い、すくなくとも数名のクルウンを抵抗グループに対する攻撃計画に利用しようと考えていた。そのため、アンテナに多少の変更をほどこすことが必要だった。その結果、クルウンは狙いどおりの思考にいたった。

＊

「ラウデルシャーク基地に投入する前に、武器をためさなくては」ゲルジョクのピルソンはいった。呼吸困難のようにあえぎ、助手のキルシュからわたされたクッキーをつかみ、くちばしにつめこむ。

「きみのいうとおりだ。それ以外にない」エチンラグは同意した。ハルト人の希望にしたがって、防護服に一本の赤いラインで印をつけたため、サウパン人の代表者だとかんたんにたしかめられ、ほかの者ととりちがえられないようになっている。

イホ・トロトは、今後の行動について相談するため、各種族のリーダーを招集した。抵抗グループがひきつぐ前から会議室として使用されていた、大きな部屋に集まっている。ここには、ゲルジョク、ジャウク、フィゴ人、サウパン人のためにも調整されたシートがあった。ただ、ハルト人だけは立っているしかなかった。テラの環境で二トンもある体重では、どんな家具も壊れてしまうだろう。

「基地内部での武器テストは問題外だが」と、イホ・トロト。「とはいえ、防御バリアの外側でやるなら、著しい困難を想定しなくてはならない。ともかく宇宙船の搭載兵器で、われわれを銃撃した者がいるのだ」

ピルソンは突然、四本腕の巨体に跳びかかるかのように立ちあがったが、両手を膨《ふく》らんだからだにあてて、うめき声をあげながらふたたび腰をおろした。

「食べすぎた。キルシュ、〝恒星の目〟をもうひとつくれ。無理に押しこんでみよう。そうしたらぐあいもよくなるだろう」

助手はしたがった。ピルソンがすくなくとも異常な食欲の面では巧みに意志を押しとおすのを、うけいれたようだった。

「急に臆病になったのか？」〝恒星の目〟をのみこむと、ゲルジョクはいった。「もちろん、外では何者かがわれわれが出てくるのを待ち伏せている。はじめから、われわれの状況はそうだった。ラウデルシャークが援軍をもとめたのだと思う。それでも、われわれ、基地を出なくてはならない。第一に武器をためすため、第二にラウデルシャーク基地を攻撃し、破壊するため」

「わかっている」ハルト人は冷静だった。「それに関しては話す必要はない。まず、武器にどんな作用があるのか知りたいのだ」

「おそらく、わたしが武器とともに宇宙に飛ぶことになるのだろうが」フィゴ人のボルカイスがいった。武器専門家で、ほかの者よりもはるかに適任に見える。「きみたち全員で参加するのが効果的だというなら、わたしはかまわない」

フィゴ人は甲高い声で短く笑うと、有柄眼を大きくのばし、ピルソンを皮肉に見つめ、「で、きみが近くにいたら、まったくすばらしい脂の染みができるだろうな」と、つけくわえる。

「わたしがきみの立場だったら、もっと慎重になるぞ」ゲルジョクは羽毛を逆立たせて脅すように応じた。「いまのは笑えない冗談だ」

イホ・トロトは両名を傍観していた。だれが自分の命を狙っているのか、その反応から見きわめたい。

「わたしは好きなときに笑う」ボルカイスは有柄眼をひっこめた。そして突然、なにも起きなかったかのようにまじめになった。「あの武器がどう作用するかについて、きみはまだ話していないな」

「もちろん、われわれが観察した作用が、あの武器によるものかどうかはわからない」ゲルジョクはおぼつかないようすで答えた。「ひょっとしたら、べつのものだという可能性もある。結局、われわれはかなり宇宙船からはなれていたし……」

「たくさんだ」ジャロカンが話をさえぎった。「〝わからない〟とか〝ひょっとしたら〟とかいう話に興味はない。なにもいうことがないなら、口をつぐんでいろ」

ジャウクにしてはめずらしくきつい言葉だった。通常は愛想がよく、他者を直接攻撃するようなことはない。提案されたことすべてに反対するのはつねだが、これほどきびしく表現するところを、イホ・トロトは知りあってから見たことがなかった。不意にまったく違う見方が生まれた。これまでジャロカンをほとんど観察しておらず、真剣にうけとめるべき敵としては考えていなかったのを自覚した。かれからの攻撃はまったく予想していない。両生類生物についての判断が表面的すぎなかったかと自問する。ともかくジャロカンがジャウクたちを掌握しているのはよくわかった。ジャウクの抵抗グループのなかでは議論の余地なく、ジャロカンが指示をくだせば種族は厳格にしたがい、かれが決断すれば、だれもそれをあれこれいうことはない。

ピルソンはくちばしを開いたまま、このちいさい生物を凝視した。物思いにふけるように、キルシュがさしだす容器に手をやり、いくつか黒い球をとりだしてのみこむ。それから前が見づらくなったかのように、両目をこすった。

「なぜ、そういう口のきき方をする？」と、たずねる。「頭がおかしくなったのか？」

「もちろん、頭ははっきりしている」ジャロカンはどなりつけるようにいった。「だから、くだらないことで時間をむだにできないとわかっているのだ。われわれ、全員の運命がかかったきびしい戦いのただなかにいる。戦いに集中しなければ、破滅だ。そうなったら、基地のまんなかで武器が作動して、われわれ、宇宙に吹き飛ぶぞ。ボルカイスがいったように」

「宇宙に吹き飛ぶ！」ゲルジョクは、軽蔑したように息をはずませ、鉤爪で床を鋭く掻いた。「あの武器には牽引ビームに似た効果があるが、比較にならないほど強力で、一方向にしか働かない。ちいさい衛星が軌道からはじきとばされるのを観察したことがある。とてつもない加速度で対象物を押しやる武器で、われわれにとってまさに理想的だ。正確に使用できれば、ラウデルシャーク基地を自転する虚無へ飛ばせるから」

「どうしてすぐに準備しないんだ？」サウパン人のエチンラグがたずねた。「なぜイホ

・トロトに協力しない？　きみたちのほうが早く核心に迫れるところだけでも」

ハルト人は、サウパン人がこれほど明白に自分の味方をしたことに、まったく驚かなかった。つねにトロトのかたわらにいて、指導的役割からひきずりおろそうなどと考えてもいないように見える。しかし、イホ・トロトはもはや、エチンラグが本当にその見かけどおりに考えているのか、あるいは好機をとらえてより確実に殺すために自分をあざむこうとしているのか、確信が持てなくなっていた。

「そういうことだ」とどろくような声でイホ・トロトはいった。「問題はラウデルシャークとの戦いと、われわれが生きのびることだけ。きみたちのだれかが、わたしの命を狙っているのはわかっている。だが、たがいに団結しなければわれわれは弱体化し、敵に手を貸すことになるだけだと、その者は自覚すべきだ」

「なにがいいたいのだ？」ピルソンが激昂する。「そのくだらない話はなんだ？　われわれ全員、あなたを攻撃することを考えるほどばかではないぞ。われわれのだれも、あなたにはおよばないだろう。ラウデルシャークを打倒する実際的な見通しをたてられる戦闘グループは、あなた以外の者にはつくれない」

「あなたは勘違いしている」ジャロカンもいいそえる。「だれもあなたをやっつけたいなどとは思っていない」

「それは、わたしのほうが事情通だ」と、ハルト人。「われわれが蹄鉄形宇宙船にいたときに、きみたちのだれがわたしを撃ったのか、まだわからない。だが、探りだしてやる」

この言葉から、はげしい議論がわきあがった。ジャロカン、ボルカイス、エチンラグがたがいに大声を出しあう。だれもが、イホ・トロトの非難は自分にはあてはまらない、といった。

「やめろ！」ハルト人はどなりつけた。「そんな話は聞きたくない。無実の者は騒ぎたてる必要はないだろう。わたしを裏切る者は、おのれの命を危険にさらしているとおぼえておけ。こせこせした陰謀に興味はない。わたしの望みは、ラウデルシャーク基地を破壊すること。ともにこの目標をめざす心がまえのない者は、ここを出ていってくれ」

「わたしは武器をテストする」ボルカイスがなにごともなかったかのようにいった。「すでに調べたが、おそらく操作できそうだ。もっとも、基地内部では実行しないほうがいいが」

「どんな提案がある？」ハルト人がたずねた。

「基地の外にもうひとつエネルギー・ドームを建てる必要がある。そこに武器をいれれば、遠隔操作で作動させられる。想像どおりに機能を発揮するようなら、反重力プレートに搭載して、ラウデルシャーク基地へ飛ばそう。ただし、そのときにはわれわれは基地を出なくてはならない」

「そうしよう」ハルト人は同意した。アウエルスポールを基地の近くで見たことはまだ黙っている。「ボルカイスは提案どおり、武器のテストを実行してくれ。スイッチをいれられるようになったら、報告をたのむ」

「一時間程度で終了する」フィゴ人は応じた。

5

ボルカイスは、基地の前方をうつすスクリーンをさししめした。

「あそこに武器がある。反重力プレートに載せて、動かせるようにした。武器はここから発するエネルギー・バリアで保護されている。作用がわかったら、ポジトロニクスが充分な大きさの構造亀裂を発生させるようにセットしてある。ちょうどわれわれの上に大きな物質ブロックがある。ブロックはゆっくりわれわれに向かって漂っていて、なにも対処しなければ数日で衝突する。だから、攻撃対象はこのブロックに決めた。球を使ってわれわれからひきはなし、危険をかたづけようと思う」

「すでに基地の全員に宇宙服の着用を指示した」ゲルジョクのピルソンはいい、主ドームの生産施設で製造された肉の塊りをたいらげた。「それでも実験が失敗する可能性は除外できないが」

この言葉は軽蔑的に響き、武器専門家のボルカイスは感情を害したが、相手をほめた。

「じつに思慮深いことだ、ピルソン。わたしはまさにそのような処置をもとめていたのだ」

「同時に、ラウデルシャーク基地への攻撃準備をしたほうがいいだろう」エチンラグがいう。「全員、武器と輸送手段を用意したほうがいい。基地がテストで実際に損害をこうむったら、すぐに行動しなくては」

「そのとおりだ」イホ・トロトが応える。「そうしなければ、あとになってはチャンスはないだろう」

トロトは、ほかの乗員たちにもしかるべき指示をするよう、ジャロカン、エチンラグ、ピルソンにいいわたした。そこからすべて計画どおりに進みはじめた。抵抗グループは常時、警戒態勢にあり、この数週間は非常事態の訓練を重ねていたため、まったく問題は生じなかった。

「われわれ、ぜんぶで何名だ？」エチンラグからすべて準備がととのったと報告がはいると、ハルト人はたずねた。

「サウパン人が五名、フィゴ人十七名、ジャウク二十二名、ゲルジョク十九名だ」エチンラグが答える。「飛行プレート十二機に分かれている」

「上々だ」イホ・トロトはほめた。「ボルカイス……きみの力を見せてくれ」

「わたしの問題ではない」と、フィゴ人。「肝心なのは、外にあるいまいましい球だ」

ハルト人はスクリーンに目をやり、息がとまりかけた。針形の巨大宇宙船が瓦礫フィールドをぬけて基地に接近している。

異生物のエネルギー砲が火を噴いた。

「急げ!」イホ・トロトの声が響く。「武器を作動させろ!」

ボルカイスたちもまさに愕然としていた。宇宙船がこの宙域に出現し、攻撃してくるなどと、だれも予想していなかったからだ。

フィゴ人がモニターわきのレバーを押しさげると、むらさき色に輝く球状のエネルギー・フィールドが未知の武器の上に生じた。そのまま動かなかったが、ボルカイスが次のレバーを動かすと、武器はフィゴ人がハルト人に説明した物質ブロックに高速で向かっていき、消える。その瞬間、ブロックが動きはじめた。突然、ブロックは基地から遠ざかり、コースを急に変更し、侵入してきた宇宙船に衝突した。炎が噴きあがり、瓦礫フィールドを明るく照らす。

「まさにぴったりのタイミングだった」ピルソンが歓声をあげた。「これこそ、われわれがもとめていた武器だ。これでラウデルシャーク基地を自転する虚無へ飛ばせるぞ」

さらに物質塊を動かし、たがいに衝突させ、基地から遠ざけていく。異宇宙船の大部分が破壊された。その残骸から無数の搭載艇がちりぢりに飛びだしていくのをイホ・トロトは見つめた。

ピルソン、エチンラグ、ジャロカンがよろこびをかくさない一方、ボルカイスとハルト人は表情を変えなかった。異宇宙船に対する今回の攻撃は計画外だった。しかし、すべての展開が急激で、カタストロフィをとめることはできなかったのだ。未知の者たちはコース変更によって、宇宙船の破滅をみずから招いてしまった。

「ここをはなれなくては」イホ・トロトがいう。「ラウデルシャーク基地を攻撃しよう」

「いま？」ピルソンが驚いて抗議した。「いま基地を出たら、船から脱出した異人たちに攻撃される」

「かれらにはべつの心配ごとがあるだろう」イホ・トロトが警報を発令し、基地からの離脱がはじまった。

トロトはジャロカン、ピルソン、キルシュ、エチンラグ、ボルカイスとともに、近くの格納庫に急いだ。フィゴ人が飛行プレートを用意して待っている。全員が乗るか乗らないかのうちに、一グリーン生物が乗り物をスタートさせた。銀色に輝く宇宙服が、つねにがさがさ音をたてている。

「この男はギロッドだ」ボルカイスが紹介する。「信頼していい」

飛行プレートの操縦席についていたフィゴ人は、マシンを飛ばしながら挨拶するように片手をあげた。宇宙服の背中には赤い横縞があり、イホ・トロトたちはなんなくボルカイスと区別できる。

「武器を持っていけるか？」基地からはなれる抵抗グループのほかの乗り物の編隊には

いると、ハルト人はたずねた。

「そのつもりだ」ボルカイスが答える。「防御バリアを通過したら、われわれのほうに動かす」

イホ・トロトは暗闇を凝視しようとしたが、ほとんどなにも見分けられなかった。破壊された宇宙船の乗員の姿はもはやまったく見えない。べつの方向に退却したようだ。熱を発している残骸の破片は、逆にはっきり浮かびあがっている。

「くるぞ」エネルギー・バリアの構造亀裂をぬけでると、ボルカイスがいった。実際、反重力プレートが接近してくる。しかし、そこにはなにもなかった。設置したはずの球形武器が消えている。

グリーン生物のリーダーは啞然としてハルト人を見つめた。言葉はなにも発しない。

「そうじゃないかと思った」ジャロカンがいった。「われわれ全員、命を賭《と》して球を運んできたが、きみがぞんざいにあつかったから、はずれたのだろう」

ボルカイスは無言でこの非難に甘んじ、イホ・トロトのほうを向いた。トロトはコースを維持するよう手で合図し、テストのときに武器があった場所を見やった。背筋に戦慄がはしる。距離がはなれていて、ほとんどなにも見分けられない暗闇にもかかわらず、アウエルスポールが見えたのだ。その冷たい影は、岩を背景にきわだっている。

かれが武器をとったのだ！　その思いがハルト人の頭をよぎった。考えておくべきだった。

「急げ。急ぐんだ！」と、命じる。

「どうした？」エチンラグがたずねた。

「球がわれわれに向かってもどってくる」と、ハルト人。「残骸のかげにかくれなければ、滅ぼされるぞ」

ハルト人は、わずか二百メートル前方にある見逃しようのないいくつかの大きな物質塊をさししめした。ギロッドはその隙間にコースをとり、プレートを加速させた。ほかの飛行プレートを操縦するフィゴ人、ゲルジョク、ジャウク、サウパン人もそれにならう。

全員が隙間まで二十メートルに接近し、先頭のプレートがすでに安全な場所にはいったとき、究極の存在を見かけた場所でエネルギー球がむらさき色に輝くのを、イホ・トロトは確認した。

「見ろ。武器だ！」

ピルソンは驚いて叫ぶと、よりどころを探すように助手のキルシュに手をのばした。

エネルギー・フィールドが光りながら基地に向かって飛ぶ。基地に動きが生じた。一瞬で輝く建造物が崩れ、こちらに向かって勢いよく飛んでくる。

ピルソンは押し殺した悲鳴をあげた。

ギロッドはプレートを方向転換させ、物質塊の隙間に向けた。かれらの数メートルうしろで残骸が基地に衝突した。フィゴ人が即座に反応していなければ、まちがいなくプレートに命中していただろう。

「われわれがしんがりだ」ジャロカンは息もたえだえだ。「あぶないところだった。またもや幸運に恵まれた」

「よくやった、ギロッド」ハルト人はほめた。

「どういうことだ?」ピルソンが声を荒らげた。「武器のテストだと? われわれ、ボルカイスに殺されていたかもしれない。なんのため、こんな手間をかけたのだ?」

「おちつけ」エチンラグが注意する。「ボルカイスに責任を押しつけるのはよくないぞ」

「そうか?」と、ピルソン。驚きのあまり、自制心を失っている。「なぜいけない? ボルカイスが設置を誤ったせいで、武器がわれわれの方向を向くことになった。武器専門家にしては前例のない結果だ。われわれ、基地を失うことになったのだぞ」

「わたしは反重力プレートを破壊することなく、球がひきちぎれないよう設置した」フィゴ人は弁解した。

「だが、武器ははずれていたではないか」ゲルジョクが勝ち誇ったようにいう。

「そのとおりだ」イホ・トロトは応えた。その大音声《だいおんじょう》で武器専門家の返事がかき消える。「しかし、飛行プレートはまったく無傷だった。ボルカイスに責任はない。可能性はただひとつ。だれかが球のところにいて、こちらに動くようしむけたのだ。謎なのは、なぜ、その者が反重力プレートから武器をはずすような苦労をしたかということだ」

ギロッドは飛行プレートを隙間から外に出した。残骸に衝突される危険が明らかに過ぎ去ったためだ。そのすぐあと、この攻撃をやはり無傷で脱することに成功したほかの抵抗グループに合流した。

「そう推定するのに確かな理由があるのか？」サウパン人がたずねた。

「ほかには説明がつかない」と、イホ・トロト。いまも、アウエルスポールを見たことは話していない。話したら、さらに不安をかきたてるだけだとわかっているからだ。究極の存在について知ったら、かれらは逃げだして、ラウデルシャーク基地の攻撃を放棄するのではないかと恐れていた。攻撃は起こさなくてはならない。だからイホ・トロトはこの数週間、抵抗グループに参加した者たちと話をして、できるだけ多くの情報を集めてきた。フィゴ人、サウパン人、ジャウク、ゲルジョクのうち、ラウデルシャークのいる転換基地について多くを知る者はなかった。しかし、ほとんどの者がなんらかを知っていたため、ハルト人は断片的な情報から、自分自身もしばらく滞在した攻撃目標のイメージをしだいにつくりあげることができた。

このステーションがセト＝アポフィスにとってとくに重要だと、すでに確信している。超越知性体が封印を解くための大プロジェクトにおいて、大切な役割をになっているのだ。そのため、これを破壊すれば、セト＝アポフィスをうまく阻止できるとハルト人は考えていた。

明らかに超越知性体は、これまでよりも厳重な防御が必要だと認識している。アウエルスポールと異宇宙船の出現は、まぎれもなくその徴候だ。

ふたたび後部にすわり、ほかの者たちから目をはなさないようにしながら、ハルト人は考えた。これからむずかしくなるだろう。障害が大きすぎる。アウエルスポール、未知の異人、仲間たちの不和、自分をひきずりおろし、みずから指揮官になろうとする者の野心、それにくわえて、おそらくラウデルシャークがしかけているはずの防衛処置がある。

エチンラグがやってきて、ならんで床に腰をおろした。なにか話しはじめるかとイホ・トロトは待ったが、ほかの者たちに会話がつつぬけだからか、サウパン人は黙っている。しかし、ハルト人にも相手の気持ちは理解できた。自分はトロトの味方であり、信頼していると伝えたかったのだろう。

奇妙だ、と、ハルト人は考えた。この不格好な防護服のなかに、この銀河のほかの生物とは似ても似つかないヴェールのような生物がいる。この銀河のほとんどの知性体のような鳥型種族ではなく、わたしとも極端に異なる。それでもかんたんな手振りで、理解しあえるのだ。わたしはかれを信じる。

トロトはエチンラグを見つめ、相手もそれを理解しているのを感じた。

＊

クルウンの艦長グコルは、宇宙船の損害でうけたショックをすばやく克服した。乗員が避難した搭載艇を呼び集め、むらさき色の光の球が発生した場所を攻撃せよと命令をくだす。しかし、もはや報復攻撃を指揮する必要はなかった。一物質塊にある、多数の建物からなる基地が破壊されるのを、ちょうど確認することができたからだ。

「残念だ」と、悔しそうにいう。「この手でかたづけたかったのに」

いまは、神官トカルと探知士ケドルク、および十二名のクルウンとともに槍形の搭載艇内にいる。数日あれば艦隊にもどれるだろう。しかし、退却など念頭になかった。グコルの艦がうけた損害は甚大だ。復讐の途上で敵の手から武器を奪うことに成功しなければ、艦長のキャリアの終わりを意味する。

破壊された基地の要員は、アンテナの近くにいて聖遺物を侵害したあの生物と同一にちがいないと確信していた。

「基地の要員は逃亡しました」探知機器で監視していたケドルクが報告する。「かれらが瓦礫フィールドのなかに消えるのに使った飛行プレートを確認しました」

「追跡しよう」艦長は決断し、問いかけるように神官を見つめる。反論はなかった。

「かれらがなにを計画しているか、ようすを見るのだ」トカルがいう。「チャンスがありしだい、攻撃する」

＊

アウエルスポールは、抵抗グループの基地の破壊に使用した球を頭の上にあげた。要員たちを逃がしたのは後悔したが、その行き先は予想がついている。

近辺にあるのは、ラウデルシャーク基地だけだ。自転する虚無をとりかこむ一連の基地のなかで、そこは技術的中心となっている。これほど重要な基地はほとんどない。アンテナが近いことからも、それは明白だ。アウエルスポールは〝宇宙の組立工〟として、セト＝アポフィスの力の集合体であるこの宙域で、アンテナを使って全補助種族を監視していた。そうした種族の者たちは、超越知性体についても、自分たちが奴隷化されていることも、なにも知らない。それでも何度も、まさに伝道活動のような熱意で超越知性体の目標を追求していた。かれらがそうして行動するのは、アウエルスポールによる功績だった。

物質塊から物質塊へと跳び、アウエルスポールはアンテナに到達した。高さ二百メートルの細長い構造物で、ある炭化水素の化合物でできている。この構造物の光度は、すでにいくらか弱まっていた。

アウエルスポールはこの事実を完全に正常なことだと判断していた。アンテナがプシオン性ジェット流を浴びてから、すでに数十年がたつ。あらためてジェット流で加熱しなくては、今後数十年のうちに完全に消えるだろうとわかっている。しかし、アウエルスポールはそれについては熟考せず、自分の特殊な力をアンテナの操作に使った。アンテナの土台部分にある変換装置を動かし、炭化水素化合物の分子結合に変化をもたらす。

アウエルスポールがアンテナの土台からふたたびはなれ、両手で武器球を持ち、宇宙空間を漂っていたとき、光る構造物からインパルスが発したのがわかった。それは直接クルウンたちに作用し、セト＝アポフィスに逆らうイホ・トロトと抵抗グループを攻撃するよう、指示をあたえた。

＊

「これだ」ジャロカンがささやいた。「この瞬間をわれわれ、長いあいだ、待たなくてはならなかった」

眼前には、ラウデルシャーク指揮下の基地がそびえている。幻のような生物が二体、宇宙空間から滑り出てきた。虚無のなかによりどころを見つけ、目に見えない橋をこえてくるかのようだ。イホ・トロトは気にもとめない。この宙域にずっと長く生活している仲間たち同様、こうした現象にはすっかり慣れていたのだ。

「われわれが仕上げた計画どおりだ」と、説明する。「すべて、われわれの期待していたまま。ドームと宇宙船の着陸脚を爆破する。戦闘グループを構成しよう」

ジャロカン、ボルカイス、ピルソン、エチンラグはこの指示をさらに伝え、すべてが数週間前から訓練したとおりに運んだ。

イホ・トロトの目的は、制御物質をつくるのに使う複雑な機械装置の破壊であって、ラウデルシャークとその援助者を倒すことではなかった。

ハルト人はこの基地にしばらくいたことがあるが、わかったのはその一部だけだ。実際に問題の機器を見たことはない。それは、自転する虚無からの回転エネルギーを物質に転換するマシンだ。そうしたことができると考えなければ、ものごとは説明がつかない。明らかに回転エネルギーを刻々と減少させ、ついには完全に消滅させるということである。そうしたことがありうるのは、議論するまでもない。イホ・トロトのような科学者にはなじみの話だ。ただそのやり方はいまだに謎で、ラウデルシャークが転換プロセスを意のままにできていないのは明白だった。回転エネルギーを物質に変化させることはできるが……それは自転する虚無の近傍にある無数の物質塊が証明している……その方法は完璧ではないのだ。ラウデルシャークはこれらの残骸を、損傷をうけず障害もない場所に発生させることはできない。エネルギーはときどき、まさにもっとも必要とされない場所……自転する虚無の縁にある基地のまんなかで、物質化されてしまう。ハルト人はマシンがもたらした膨大な成果を目の前にして、その装置が最大のドーム内にあると考えることにした。

四方向から同時に攻撃者は行動を開始した。突然、恒星のように明るいエネルギー・ビームが暗闇を打ち破り、鋼と合成物質からなる、高圧縮合金でできたドームの装甲を攻撃する。白熱のまだら模様ができたが、ドームの物質はまだ崩壊しない。なお銃撃に持ちこたえている。

「気をつけろ！」ボルカイスが叫んだ。「外からの攻撃だ。警戒せよ」

大型エネルギー銃を小わきにかかえ、基地プラットフォーム表面に立っていたイホ・トロトは、頭上を見あげた。異人が破壊された宇宙船からの退却に使った搭載艇が迫っている。

その後方には第二の戦闘部隊がひかえていた。

数隻の搭載艇が光った。ロケット弾が飛んできて、ゲルジョク、ジャウク、フィゴ人、サウパン人の集団の中央に命中した。一部の砲撃は的をはずし、基地の、一部燃えあがっているドームにめりこんだ。爆発が起きて、巨大なクレーターが生まれた。

6

アウエルスポールは、ラウデルシャーク基地から五キロメートルほどはなれた物質塊に向かって漂っていった。主ドームが抵抗グループの砲撃をうけて燃えあがるのを、怒りに震えながら見つめる。ラウデルシャークとその防衛部隊にとって、これは完全な奇襲だ。アンテナを操作してラウデルシャークに情報を送るのは無理だと、アウエルスポールは認めざるをえなかった。クルウンたちに影響をあたえることに集中しすぎていたのだ。

性急に進めすぎた、と、自己を責める。抵抗グループの潰滅に手間どりすぎて、失敗した。

アウエルスポールは……習慣的に……セト＝アポフィスの指示を待たず、自己責任で行動してしまった。たいていの場合、独力での行動は正しいと証明されてきた。しかし、今回は違う。

この独断のせいで、ラウデルシャーク基地は危険にさらされている。

転換基地を破滅から救うための対策を考えていると、クルウンの搭載艇に気づいた。はじめは安堵した。クルウンが抵抗グループを倒す問題をひきうけてくれるだろうと考えたから。しかし、主ドームの外殻にロケット弾が命中して爆発し、突然そのよろこびは打ち砕かれた。

アンテナを操作したさい、さらに重大な失敗が起きたとわかった。

予測のつかない規模のカタストロフィに脅かされている。

計画では、抵抗グループの基地を、そこに住む者もろとも自転する虚無へ投じる予定だった。それによる強い制動効果を期待していたのだ。しかし、失敗した。抵抗グループは逃げ、基地の残骸は自転する虚無の引力領域にはいりこむことも、そこにひっぱられることもなく、クルウンの艦を完全に打ち砕いた。

なにか行動しなくてはならない。ラウデルシャーク基地が、異なるグループのあいだの戦いで、破壊されるのを見すごせないからだ。

アウエルスポールは、戦いに直接的に介入しようと決断した。

＊

ラウデルシャークの反応は、イホ・トロトの予想とはまったく異なっていた。

転換基地の指揮官は、トロトや抵抗グループの者たちを攻撃せず、使える武器をすべて投入して、基地により大きな危機をもたらす異人の搭載艇を銃撃している。

搭載艇が何隻も爆発した。

「発射！」ハルト人が大声を出す。「持っているものをぜんぶ、ぶちまけろ！　そのあと、ひきあげる」

こう指示して、最後の力を振りしぼるよう抵抗グループの者たちを駆りたてた。あらゆる方向からエネルギー・ビームやロケット弾をドームに撃ちこむ。その多くが外殻を打ち破り、基地に甚大な損害をあたえた。しかし、わずか数秒間のみ攻撃すると、抵抗グループは退却した。

基地の上に輝くエネルギー・バリアが形成され、搭載艇の攻撃を、効果が発揮される前にはねかえす。バリアの上に揺れ動く灼熱の炎がひろがり、数秒で転換基地をつつみこんだが、損傷はあたえられなかった。

イホ・トロトは戦闘区域から逃げだそうとわきを通りすぎた幻のような生物に気づいたが、それ以上、注意をはらわなかった。

この区切りでフィゴ人たちとサウパン人たちに遭遇する。かれらは構造オープナーを使い、エネルギー・バリアに亀裂をつくっていた。ここからかくしておいた反重力プレートに逃げられる。

ボルカイスは無言でゲルジョクの有翼船をさししめした。船はちょうどスタートして、搭載艇の異人を攻撃している。

「かれらの介入があったのは幸運だった」このとき、そばにやってきたピルソンがいった。息を切らしながら、立ちどまる。走ってきたのだが、体重が重く難儀だったのだ。

「異人さえ介入しなければ、われわれ、破滅していただろう」

「われわれ、実際、破滅したのだ」と、イホ・トロト。「ドームに侵入し、基地を直接攻撃することができなかった」

「そのとおりだ」全員が反重力プレートに乗りスタートしたとき、ボルカイスも同意した。「異人さえ介入しなければ、こんな事態にならなかっただろう。問題がなければ、ラウデルシャークはいまごろ失業していたはずなのに」

ボルカイスは施設と宇宙港が建造されたプラットフォームの上を、掩体《えんたい》をとりつつ器用にプレートを操縦していく。

イホ・トロトはうしろを振りかえった。

自分たちが脱出してきた構造亀裂の数メートルわきにアウエルスポールがいた。青い目が暗闇のなかで光っている。その光からはすべてを貫く冷酷な感情が伝わってくる。

究極の存在が、あとわずか数秒早く構造亀裂に出現していれば、離脱は明らかに不可能だっただろう。

イホ・トロトは、戦慄がはしるのを感じた。

この生物に恐怖を感じる。

　無敵の生物だ。

「さ、こんどは？」反重力プレートを物質塊のかげに向けながら、ボルカイスがたずねた。「これからどうなる？」

「そもそも、これからなどない」ピルソンが答える。「われわれ、終わりだ。だれか疑う者は？」

「まだあきらめない」ハルト人がいい、しばらくためらってからつづけた。「チャンスはまだある。それを利用しよう」

　ピルソンはかすかに侮蔑するように笑った。

「チャンスだと？　われわれをからかっているのか？」

「ラウデルシャーク基地を自転する虚無へ追いやれる、球形武器のありかはわかっているのだ」イホ・トロトは応じた。「それをとってくる」

「わかっている？」エチンラグが不審そうにたずねながら、反重力プレートで接近してきた。エチンラグだけだ。「どうすれば、そんなことが可能なのだ？」

「なぜ、先にいわなかった？」ジャロカンの声が脅さんばかりに鋭く響く。「われわれにとって大切なことを教えてくれないのだな」

「あなたは、われわれの命を危機にさらしている」ピルソンがとがめた。同時にジャウクにライトで合図をして、自分たちの姿を確認できるようにする。両生類生物がまだ全員そろっているのをイホ・トロトは確認した。

「黙っていたのには理由がある」トロトは応えた。「わたしがきみたちに話したアウエルスポールが、球を持っているのを見たからだ」

「アウエルスポール？」ボルカイスの声が驚きで震える。「介入していたのか？」

「究極の存在だ」ジャロカンがびくびくしながらうめいた。「だが、自転する虚無へ追放されたといっただろう。不可視のエネルギーに捕らえられたものは、何物ももどってこない。アウエルスポールを見たはずがない。もはや存在しないのだから」

「そうだといいと願っていたが」

「かれが球を盗み、われわれの基地に向けたのだな」ボルカイスが愕然としながら気づく。「われわれ、いいタイミングでスタートして、幸運だった」

ジャロカンは自分の反重力プレートから、ハルト人のほうへジャンプした。

「わが種族の半数以上は離脱し、ラウデルシャークに屈伏するだろう。アウエルスポールが関わっていると知ったら、ともに戦いつづける気がまえをなくす」

そういって、ほかのジャウクに、向こうへ行けと指示した。実際、数名がはなれていった。

トロトは、かれらがはなれていくのを阻止できるかどうかと考えたが、約束を提示するのは断念した。自分がそれを守れるかわからなかったからだ。最初の攻撃が失敗したのだから、なおさら、アウエルスポールがいるうえにラウデルシャークに勝利するまともなチャンスがまだあるなどと、どうしていえるだろう？　いま、転換基地は警戒態勢にある。今後の作戦はいずれも、最初の攻撃よりも危険で困難になるだろう。エネルギー・ビームの集中攻撃さえ無傷で乗りこえられるアウエルスポールのような生物に対して、なにができるだろうか？

「きみの種族が去るなら、展望はますます暗い」トロトはしずかに話した。「かれらは自分たちの行動を、よく考えるべきだ。わたしは、わが戦いを中止したりはしない。まさにかれらが行動するのと同じだ。ラウデルシャークのところに行きたければ行かせよう。しかし、あらたな攻撃に出るまではだめだ。かれらにわれわれの計画を洩らされては、たまらない」

「かれらは降伏の意図があるとラウデルシャークに知らせるだろう。しかし、戦闘に決着がつくまではこの宙域をはなれ、中立的にふるまうはずだ。いずれにせよ」

「わが種族の一部もだ」ピルソンがくちばしをもぐもぐさせていった。

「わたしには全員はとめられない」ボルカイスが意気消沈してつけくわえる。「かれらは自由意志で参加し、離脱する時期もみずから決定する権利がある」

「正しいと思うことをしろ」と、ハルト人。「わたしは球をとってくる。球を使うしか、基地をかたづけるチャンスは生まれない。われわれ、ここでふたたび会おう」

ボルカイス、ピルソン、ジャロカン、エチンラグがこの場でハルト人を待つと誓うと、トロトは出発した。しゃがんで力いっぱい反重力プレートからジャンプして、飛翔機器の重力フィールドから解放されると、駆動装置もないまま飛んでいった。

＊

ほどなくして、ハルト人は物質塊にやわらかく着地した。基地があった方向にさらに進めると確信できるまで、支えになる場所を使いながら、塊りにそって慎重に進む。どこか近くに球形武器があるとイホ・トロトは推測していた。アウエルスポールはそこでそれを奪い、使用したのだ。究極の存在が武器を持ち去ったとは思えない。

しかし、物質塊から物質塊へとジャンプしながら、瓦礫フィールドをさらに数キロメートル進むと、破壊された異宇宙船の一搭載艇が着陸しているのが見つかった。

かれらと話さなくては、と、イホ・トロトは考えた。われわれを攻撃してきたが、ラウデルシャーク基地をも攻撃していた。かれらの正体と、その目的を知らなくては。ラウデルシャークとセト＝アポフィスに対抗する仲間を見つけられればいいと、トロトは願っていた。警告もなく、トロトたちを砲撃してきたのだが。

搭載兵器で攻撃される危険は冒したくなかったので、小型艇の着陸する物質塊にうつったあとは、はりだし部や溝のかげからそっと忍びよる。こうして三十メートル手前まで気づかれることなく接近できると、トロトは掩体からはなれ、全力疾走で目的地に向かった。エネルギー・バリアははっていない。槍のかたちをした艇のわきの、明らかにエアロックとわかる場所にすぐにたどりついた。ここでしばし待機する。乗員は自分に気づいており、どう行動すべきか相談しているのだろうと確信した。

幻のような生物が三体、音もなく物質塊の荒れた表面を滑ってきた。かれらはヒューマノイドだった。搭載艇の前でとまり、はじめに左へ、次に右へよけると、外殻をぬけて艇内に侵入し、いきなり消えた。

イホ・トロトにとって、この現象に大きな意味はなかった。

＊

艦長のグコルは不安になっていた。すこしのあいだ、ケドルクも自身も注意をおこたっていたのだ。虚無から出てきたような巨大な影が、すばやく搭載艇に到達したのに気づいたときには、遅すぎた。巨体はすでに、コンピュータ制御のレンズと武器システムの死角になった、唯一のエアロックのそばにいた。

「いったい、どうした？」トカルがたずねる。からだを飾るひもを怒ってひっぱっている。

「規則どおり指示を出せる状況にないなら、しりぞいて、ほかの者に場所を譲るのだ」

「だれもこんな攻撃は予想できませんでした」グコルが応じる。「それに、まだ望みはあります。いつでもスタートできますから。外にいる生物に、しっかりつかまっているよう助言するつもりはありません」

神官はシートに身を沈めた。安堵したようだが、辛辣《しんらつ》な表情は消えず、「それでも、きみが不注意だったことは変わらない」と、苦情をいう。「それで、いつまでやっていける？」

このとき、幻のような生物が司令室で目の前にあらわれたので、神官は急に黙りこんだ。驚いて身をひき、生物が壁に消えるまで見守る。トカルは頭をあちこちに動かした。司令室にいるほかの者たちと同様、理性をたもつよう格闘しなくてはならなかったが、だれよりも早くたちなおった。

「これは神の警告だ」神官は司令室をよたよた歩きまわり、まだ搭載艇の外側エアロックにいる巨体をようやく思いだした。「急がなくては。エアロックに向かう。いっしょにこい、グコル。あの巨体と交渉する」

艦長は、神官に逆らっても無意味だとわかっていた。天徴を見たと神官が確信しているなら、その気持ちを変えられるものはなにもない。しかもグコルは、この幻のような現象を見たのがはじめてではないことを黙っていた。幻はすでに何度もあらわれ、不安を感じていたのだ。しかし、遭遇するさいはつねに自分ひとりだったので、慎重を期して黙っていた。神官から侮蔑されるのを恐れ、いつか自分の証人になる者があらわれるまで、見たことは心にしまっておこうと決めたのだ。おそらく、ほかの者も状況は同じだろうと推測できる。

グコルはうしろめたく感じながら神官についてエアロックに向かった。巨体の異人のしたことは理解できると思う。先入観なくゆっくり接近してくるような危険は、異人には冒せなかっただろう。自分とトカルのいまの心境では、冷静さを失い、長々と質問せずに相手を射撃していたはずだ。

しかし、いま、四本腕の巨体との状況ははるかによくなっている。

トカルは大胆にエアロックにはいると、艦長がそばにくるのを待ち、内側エアロックを閉めた。クルウン二名は宇宙服をすばやく着用し、トカルが外側エアロックを開く。目の前にどんな光景がひろがるか心がまえはしていたが、ハルト人の巨体が目の前にそびえたとき、トカルと艦長は思わずしりごみした。

＊

イホ・トロトは状況を正確に判断していた。二名の小柄な生物は丸腰だ。好奇心と恐れのいりまじったようすで自分をじっと見つめている。

トロトは四本の腕をあげて素手《すで》であるとしめし、二名をおちつかせるため、声をおさえて語りかけた。

宇宙服のヘルメット・ヴァイザーごしに、濃黄色の信じがたいほどしわだらけの皮膚におおわれた両名の顔が見える。顔のはしからはしまでとどかんばかりのくちばしの上に、ふたつのちいさいまるい目があり、猜疑心に満ちているかのように、頭をつねにあちこち動かしつづけているのが特徴的だ。

コミュニケーションをとろうとするハルト人の努力は、みごとに実を結んだ。両名の鳥生物は、かあかあいうかすれ声で答えた。イホ・トロトは言語情報を自分のなかに記録し、テラのポジトロニクスと比肩する計画脳に保存した。まもなく、手はじめにすこし応じることができ、両名のクルウンにすぐに信頼された。会話はますます活気づき、ハルト人は相手の不安や猜疑心の大部分をとりのぞくことに成功した。

とうとう両名はトロトに、ちょうどハルト人がはいれる大きさのエアロックを通過することを許可した。トロトがエアロックにからだを押しこんでいるあいだ、自分たちは艇内にもどる。エアロック室に必須の空気交換作業が終わると、グコルとトカルはまたトロトの前にあらわれた。両名はいまは宇宙服のヘルメットをはずしていて、イホ・トロトもヘルメットを開いた。もはや会話を通信にたよる必要はない。いま、イホ・トロトはより容易に言葉を理解してもらえるようになった。すばやく学び、トランスレーターがなくても、相手の単純な言語の領域にさらにはいっていける。

とりわけ、〝スランドール〟と呼ばれるクルウンの最高司令官がブロドルという名前であり、トカルとグコルはまだスランドールに会ったことがないと知らされた。二名はブロドルが最大の軍事基地にいるとほのめかしたが、その位置は洩らさなかった。しかし、クルウン十万名が所属する百五十隻からなる艦隊が自転する虚無の宙域にいて、戦闘指揮官の名前がヘルゴだという情報は教えてくれた。目下、艦隊指揮官に現在の損害を伝えることも、そもそも艦隊に帰還することもできないのだと、ふたりはかくしだてすることなく話した。

「われわれ、〝神の指〟を見た」トカルは説明した。「神のもとへ行かなくては。われわれ、あなたがたを銃撃したが、それは、あなたがたが神のそばに滞在していたのを、冒瀆《ぼうとく》と判断したためだ」

「〝神の指〟？」ハルト人は驚いてたずねた。

クルウン二名は、驚くべき熱意で情報伝達をくりひろげた。ただただ言葉があふれでてくる。イホ・トロトはすべてを理解したわけではなかったが、イメージをしだいにつくりあげることができた。

やがてハルト人は会話の主導権を握ると、トカルとグコルに、超越知性体セト＝アポフィスの存在が、気づかないうちに多大な影響をかれらにおよぼしていると伝えた。さらに、明らかに自転する虚無のエネルギーを物質に転換することに関係した壮大なプロジェクトがあり、その進行を妨害するため尽力していると説明した。

「将来的な目標は、セト＝アポフィスの力の集合体にいる種族を、その圧倒的な影響から解放することだ。だれもが個人の自由をもとめている。わたしはその要求を実現させたい」

「では、あなたはわれわれがアンテナと呼ぶものとは、無関係なのか？」神官がたずねた。

「その正体も位置も、わたしは知らない。これまで見たことがない。きみたちはそこへ飛び、したいことをしてくれ。だが、ラウデルシャークおよびアウエルスポールとの戦いからは身をひいてほしい。それ以上はなにも望みはない」

トロトは行方のわからなくなった球形武器を探している話もつけくわえた。

「もしかすると、その捜索を助けられるかもしれない」グコルが突然いった。「その武器に関係がありそうなものを探知したと思う」

グコルは急いで立ち去り、イホ・トロトは神官とふたりだけで話をつづけた。数分後、もどってきた艦長は、いくつかの探知データをトロトに見せた。そこには探知士が、瓦礫フィールドを進む未特定物質をとらえたことがしめされていた。

「アンテナの方角に向かっている」トカルが気づかわしそうにつけくわえる。「それが武器なら、われわれ、なにか行動しなくては。永劫の罪人がその武器でアンテナを攻撃する可能性を排除できないから」

その物体の実際の進行方向が探知資料では明確でなかったので、イホ・トロトはすくなくとも一時、クルウンのもとからはなれようと決めた。この話しあいの結果にかなり満足していた。次にラウデルシャーク基地を攻撃するさい、この鳥に似た生物の再度の奇襲を恐れる必要がなくなったからだ。トロトは艦長と神官に別れを告げ、同じ場所での再会をとりきめた。そしてエアロックを出ると、宇宙空間にもどっていった。

その直後、搭載艇はスタートし、そこをはなれた。

イホ・トロトは物質塊から物質塊へジャンプしながら確実に艇を追った。クルウンが自分の提案に同意したのがうれしい。クルウンがそばにのこっていたら、不都合が生じていただろう。アウエルスポールとの戦いのさい、クルウンは足をひっぱるだけかもしれないからだ。究極の存在によって生じる問題は、相手をできるかぎり避けることで解決できればいいと願っていた。直接戦うのは、本当に緊急の場合だけにしたい。

アンテナにも興味がわいた。

それに宗教的意味があるとは、みじんも思っていない。むしろ、転換基地と自転する虚無になにか関係があり、セト＝アポフィスの権力手段になっているのだろう。この推測が正しいと証明されたら、あらたな問題が持ちあがることになる。クルウンが超越知性体の権力手段を〝神の指〟と思っているからだ。

さらに物質塊にジャンプしながら考えた。アンテナの破壊が必要だとわかったら、自分はそれを実行する。しかし、その場合、クルウンは平静さを失い、わが敵となるだろう。

7

イホ・トロトが一時間ほど、瓦礫フィールドを進むと、近くで青い光がきらめいた。

驚いてくぼみに身を沈めて、光が見えた場所をうかがう。アウエルスポールの冷たい影が見えたのは明らかだ。究極の存在はかすかな熱放射を発する物質塊よりも温度が低く、周囲からきわだっているのだ。

アウエルスポールは、トロトから二百メートルほどはなれた残骸の上で直立していた。両手で球形武器を持っている。

十分ほど身じろぎもせず、そこから動かなかったが、前かがみになると球をそこにある物質塊の隙間に置いた。どうやら、そこに隠しておこうとしているようだ。

つねに自転し、たがいに動きつづける物質塊のあいだに隙間が開き、イホ・トロトの注意がそれた。そこにオベリスクを思わせる、光をはなつ細長い物体があらわれた。手がかりになるものがすくなく、物体までの距離も、その大きさも推測できない。しかし、おそらく長さ二百メートルほど、土台部分は直径ほぼ二十メートルだろう。

アンテナだ！　という思いが頭をよぎった。クルウンが話していた〝神の指〟にちがいない。

どれほどの意味があるのだろうか？

解明しなくては。

しかし、その前に球形武器を入手して、ラウデルシャーク基地を自転する虚無へ飛ばすことのほうが大切だ。

なぜ、基地だけ？　トロトは自問した。アウエルスポールもいっしょではどうだ？

究極の存在がいた物質塊のほうをもう一度見やる。

アウエルスポールはいなくなっていた。

イホ・トロトはなんともいいがたい冷たいものが自分に迫るのを感じた。全方向から宇宙服にしみこんでくるようだ。

全身の力を振りしぼって、不気味な感覚に抵抗した。この感覚が、アウエルスポールに襲われ、殺されるかもしれないという不安から生じたのはわかっている。

こういう場合、〝上等の餌《えさ》を使えば獲物がくいつく〟と、ローダノスならいうだろう。

アウエルスポールは球を餌のようにしかけ、自分が罠に落ちるのを期待しているのだ。

しかし、あれは、本当に罠だろうか？　究極の存在は自分に気づいただろうか？　ここにいるのはわからなかったのではないか？

慎重に身を起こしてみる。

この瞬間、巨大な物質塊が自分に向かってくるのに気づいた。アウエルスポールはほぼ五十メートルしかはなれていない。その姿勢から、塊りをトロトにほうったのはまちがいなくアウエルスポールだと判明した。

イホ・トロトはわきにジャンプできたが、塊りはちょうどトロトがしゃがんでいたくぼみに衝突した。

アウエルスポールがアーチを描いて、うしろから接近してくる。

隙間に球をのこしたままだ！　あれをとり、逃げられるかもしれない。とりもどしたければ、アウエルスポールは追いかけてくるはずだ。

アウエルスポールが失敗したと思い、トロトは勝利感に酔った。究極の存在はこちらを過小評価したばかりか、誤った判断をくだしたようだ。トロトが対決に出ると思ったようだが、そんなことをするつもりはない。

岩から力いっぱいジャンプして、武器があると知っている場所へ向かって飛んだ。そして振りかえった。

アウエルスポールが直立姿勢でトロトを見つめている。数秒間、展開がのみこめないようだったが、すぐに動きはじめた。

*

ピルソンは宇宙服の腕につけたクロノグラフをさししめした。

「イホ・トロトがはなれてからずいぶんたつ。とっくにもどってきてもいいころだ。酸素ストックが永遠につづくわけではないのを知っているのだから。どう思う、キルシュ？」

こうして助手に意見をたずねるのは、はじめてだった。いつもはただ指示をあたえるだけで、助手がどんな意見を持っているのか意に介したこともない。

「待たなくては」ジャロカンが応じる。「ほかに選択肢はない」

「キルシュはどうだ？」ピルソンがきく。「なぜ答えない？」

「黙っていたほうがいいので」

「わたしに賛成していないのだな？」ゲルジョクのリーダーは、怒ってキルシュの首につかみかかった。「ここで窒息したいか？」

「われわれ、ハルト人を待つ責任がある」サウパン人のエチンラグがいった。「とりきめを守るのだ」

「きみはそうかもな。わたしは違う。わたしは、きみよりもすこし先まで考えている。わからないのか？　ラウデルシャーク基地の破壊に成功したとしても、われわれの救いはまだ遠い。基地の要員は、そこにある宇宙船で逃げられるから、きっとそうするだろう。しかし、われわれはどうなる？　どこにとどまるのだ？」

「それは正しいといわざるをえない」ジャロカンがいった。「その問題を、わたしもずっと考えてきた。戦闘のあと、われわれはどうなる？」

「なにができるか、すでにわかっていると思う」ピルソンは、うかがうようにまわりを見た。「われわれも宇宙船を入手しなくては。小型で充分だろう。たとえば、搭載艇とか」

「それはもっともなアイデアだ」サウパン人がほめた。「きっと、イホ・トロトも考えていただろう」

「そのとおり」ジャロカンが同意する。「なにか行動したほうがいい。搭載艇に乗った異人は近くにいる。せめていちばん小型の宇宙船でも入手できなければ、とんでもないことになるにちがいない」

ジャロカン、ピルソン、キルシュ、エチンラグ、ボルカイス、ギロッドはこの提案について熱心に議論をはじめたが、わずか数分で意見は一致した。キルシュとギロッドはイホ・トロトがもどったときに迎えられるよう、反重力プレートにのこることになった。ほかの者たちは搭載艇を探すため、出発した。たがいを見失わないよう密集して進む。

まもなくジャロカンは、不規則なかたちの物質塊の突端近くを漂う一搭載艇のほうに、仲間の注意をうながした。

「あれを攻撃しよう」フィゴ人がいった。「異論はないか？」

反論がなかったので、フィゴ人は武器を留め具からはずした。多数の突出部を掩体として器用に使いながら小型艇に向かい、イホ・トロトがべつの搭載艇に到達したときと同じように接近に成功した。エチンラグは外側エアロックをエネルギー・ビームで破壊し、乗員に気づかれないうちにボルカイス、ジャロカン、ピルソンとともに艇内にはいった。一クルウンが立ちはだかり、エネルギー銃を撃ってきた。

ピルソンは即座にその生物を銃殺した。

つづいてはげしい戦闘になり、全乗員が落命したが、エチンラグ、ジャロカン、ピルソン、ボルカイスは無傷で乗りきった。

＊

イホ・トロトは眼前の球形武器を見つめた。

かがんで、ひきよせる。

同時に、アウエルスポールが大きくジャンプして向かってくるのが見えた。不気味な青い目が、投光器のように光っている。突然、さっきより光を増したかのようだ。からだを麻痺させるようなエネルギーを発していて、ハルト人は力を奪われそうになった。

文字どおり最後の瞬間、トロトは光から逃れて身を深く沈めると、わきへジャンプした。アウエルスポールは一メートルもはなれていないところを通りすぎる。トロトは腕の一本を影のようにすばやくのばしたが、打ち損じた。

下側の両腕で武器をかかえながら、ハルト人は物質塊をこえていった。振りかえると、アウエルスポールが険しい突起につかまり、トロトを追うためにそこから跳びだしていた。

イホ・トロトは戦闘服の推進装置によって得られる利点を使って下降し、短い助走で手ぎわよくアウエルスポールに跳びかかれる方向にジャンプしたが、失敗する。トロトは、巨大な丸太のような姿が向きを大きく変えたのを観察した。だが、それほど効果はなく、自分にはとどかない。すれちがったさい、たがいの距離はわずか四メートルだった。究極の存在が次につかまってジャンプできる突起までは、まだ遠い。相手がそこについて向きを変えたとき、イホ・トロトはすでに数百メートルもリードし、次の物質塊に力いっぱい跳んでいた。アウエルスポールの視界をはなれたと確信が持てるまで、塊りのそばを進み、そこでまた方向転換する。

〈わたしからは逃げられないぞ〉究極の存在の声がトロトの心のなかで響きはじめた。〈わたしはおまえよりも速い。それ以上、逃げてもむだだ。わたしはおまえに追いつく。それは確実だ〉

「おしゃべりはやめろ」ハルト人が声に出して応じる。「わたしがそんな安っぽい策略にひっかかると、本気で思っているのか？　きみはすでにあまりに嘘をついた。きみの話などひと言も信じない」

〈このわたしに、そんなことをいうのか？〉

「いったい、きみは何者だ？」

〈セト＝アポフィスの私的な部下で代理者だ〉

「きみがフロストルービンに墜落したのを見たぞ。どうしてここにまたもどった？」

イホ・トロトはべつの物質塊にうつった。またリードがひろがったのを確認する。しかし、アウエルスポールは、はるか後方の残骸からジャンプして、それまでよりも巧みに加速していた。ハルト人は驚いた。このままでは追いつかれる。究極の存在が自分の質問に応じるとは思っていなかったが、それは思い違いで、アウエルスポールはいままた意志を伝えてきた。

〈わたしは、フロストルービンとこの連続体のあいだを行き来できる。ただし、メンタル・エネルギーを補給するため、つねに、しばらくは向こうにとどまる必要があるが〉

〈では、自転する虚無に送っても、どうにもならないのか？〉ハルト人は絶望した。

〈なにも変えられないのか？　きみは何度でもそこから出てくるのか？〉

〈そのとおりだ！〉イホ・トロトの意識に嘲笑が響く。すでに不安を感じるほど、アウ

エルスポールは遅れを挽回している。〈わたしはセト＝アポフィスの直接の代理者だ。プシオン性ジェット流には影響されない〉

〈きみはわたしなど追わず、自分の使命をはたせばいい〉

アウエルスポールは、とどろくような笑い声をたてた。ハルト人の言葉がひどくおもしろかったようだ。

〈心配するな〉皮肉のこもった応答だ。〈フロストルービン宙域のアンテナを整備する使命をなおざりにはしていない〉

イホ・トロトは物質塊に突進した。振りかえると、アウエルスポールがまさに迫ってきている。数秒で追いつかれるのは確実だ。窮地におちいったハルト人は、戦闘服のエネルギー・ストックはすでに枯渇しかかっていて、バッテリーに負荷をかけるたびに危険が高まるにもかかわらず、また推進装置を使った。推進装置の力で大きくわきによけて、物質塊のそばを通過した。一方、アウエルスポールはその塊りに力強く衝突して、よりどころを探している。相手がそうして貴重な数秒を失うあいだに、ハルト人は大きくリードをひろげた。

質問はこれ以上しない、と、トロトは考えた。気が散るだけだ。

すぐにアウエルスポールは哄笑して、自身についての情報を伝えてきた。

しかし、イホ・トロトは心を閉ざし、逆らう。

両腕にかかえた球にひたすら集中する。これは、究極の存在を決定的に厄介ばらいできる武器だ。

トロトは通信機のスイッチをいれた。

「ボルカイス！」と、呼びかける。「聞こえるか？」

だが、フィゴ人の応答はない。呼びかけを何度くりかえしても変化はなかった。

エネルギーを節約しているにちがいない、と、ハルト人は考えた。わたしと同様に。

いま、フィゴ人とともに武器にとりくまなかったことを後悔していた。武器専門員を残してきてしまったのは、間違いだった。

トロトは球に投光器の光をあててみた。リードをひろげられないまま何度も逃避方向を変更したすえ、武器の使用法がわかったと確信する。ここは宇宙空間だから、ためしてみても損害は生じないだろう。自分に命中しないように球をかかえて、エネルギー・ビームを発射させた。

眼前にむらさき色のエネルギー・ボールができて、虚無に向かってはなたれた。究極の存在を五十メートルほどはずしたが、球で狙いを定める方法はわかった。

〈やめろ！〉声がトロトにとどく。アウエルスポールがいだく不安をトロトは聞き逃さなかった。〈やめるのだ。永遠に後悔するぞ〉

究極の存在は、ハルト人からわずか数百メートルのところにある物質塊に向かっていった。トロトは次に向かう残骸を冷静に狙ったが、武器は作動させなかった。

突然、アウエルスポールが消えた。

暗闇にのみこまれたのだ。

＊

「うまくいって幸運だったと、いわなければならないだろう」ジャロカンがいった。銃をおろし、搭載艇の司令室で周囲を見まわす。一方、ボルカイスは死んだ乗員のうち二名を運びだしている。戦闘は明白なシュプールをのこしていた。しかし、小型艇の主要部は破壊されていないようだ。

「戦闘をひきおこす必要はなかったかもしれない」ギロッドがいった。

「なによりもまず、この生物は武器でわたしを狙った」ピルソンがひそかにこめられた非難に対して抗弁した。「撃たれるまで、待っていたほうがよかったと？」

「かれらがまだここにいたとき、警告なしにわれわれを砲撃したことを忘れるな」エチンラグがいう。「われわれが生きていられるのは、ただ偶然のおかげだ」

「それでも、もっと理解しあえればよかったのだが」ギロッドはしつこく主張した。

「いまは、さらなる問題をかかえることになった。かれらの仲間が復讐にくるだろう」

「搭載艇の出発準備をするぞ」ピルソンは命令するようにいう。「ここをはなれよう」

ボルカイスが司令室にもどってきた。

「エアロック・ハッチの密閉に成功した。スタートして、イホ・トロトを捜索できる」

「だれが艇を飛ばせる？」エチンラグがたずねた。「まだだれも操縦エレメントにとりくんでいない」

「いや、わたしが」ピルソンが応じ、操縦シートのわきの肘かけを力強く蹴ってとりはらう。そうしないと、すわるのに充分な場所を確保できなかっただろう。準備がととのうと、そこにすわりこんだ。きちきちの宇宙服を着た姿がちいさすぎるシートの残骸にうずくまる。おかしな光景だったが、笑う者はいない。みな緊張して、ゲルジョクが制御装置をうまくあつかえるかどうか見守っている。実際、いくらか装置のあつかいに慣れているのが証明された。いくつかキイを押すとエンジンが作動しはじめ、スクリーンが明るくなる。

「イホ・トロトに知らせなくては」キルシュがいう。「われわれの助けが必要かもしれない。だれか、通信機のスイッチをいれたか？」

「それは必要ない」ピルソンが甲高い声で応じた。「関係ないことに首をつっこむな。艇を見まわり、どこかに乗員がひそんでいないかたしかめてこい。スタートしてから重大な問題が発生することもありうる。だれかがエンジンを操作したかもしれない」

「そのとおりだ」ボルカイスが応じる。「われわれ全員で艇内を調べよう。本当に異人が一名でも生きのこっていたら、カタストロフィだ」

フィゴ人が司令室を出ると、ほかの者もそれにくわわった。ピルソンだけがのこる。

数秒間、その場で身じろぎもしなかったが、いくつかキイを押すと主スクリーンが光り、イホ・トロトがあらわれた。

ピルソンは急いでドアを見やり、だれもいないのを確認し、またいくつかキイに触れた。目標を定める十字シンボルがスクリーンにあらわれた。ゲルジョクはそれをハルト人にあわせ、ふたつのスライドキイを動かしながら、イホ・トロトが十字の中心にくるようにした。

ピルソンの鉤爪が、あるボタンの近くに動いた。

「終わりだ、ハルト人」と、ささやく。「ほかの者に知られることはないだろう。かれらにとって、あなたは行方不明になっただけ。いまから、ここではわたしが指示をくだす」

「それは考え違いだ」キルシュがうしろでいった。

ピルソンは叫び声をあげて振りかえった。二重頸がからみ、片手にはあっという間にエネルギー銃が握られている。宇宙服から銃をとりだす動きはあまりにすばやく、目にもとまらなかった。

それでも遅すぎた。

キルシュは、ピルソンよりも速く銃を発射した。

「裏切り者め」と、軽蔑していう。「こういう行動に出るだろうと、わかっていた。あんたはすでに一度、ハルト人を撃ちそこなっている。今回は、わたしが割りこまなければトロトを殺していただろう」

しかし、ピルソンにはこの声はすでに聞こえなかった。

死んで、床に横たわっていたのだ。

キルシュは、エチンラグ、ボルカイス、ギロッド、ジャロカンが司令室にもどるのを待ち、ことのしだいを説明した。スクリーンの十字シンボルが、話の真実性を強調していた。

ボルカイスは黙って背を向け、ハルト人のためエアロックを開けた。

8

「かれは大食いなだけで、無害だと思っていた」キルシュがいった。艇はスタートしてゆっくりラウデルシャーク基地に接近している。「ピルソンがあなたの命を実際に狙っているとわかったのは、ずいぶんあとだ……遅すぎるところだった。かれだけで司令室にのこりたがっているのは変だと思い、その計画がわかった。わたしはボルカイスたちとキャビンを出てから、もどってきたのだ」

そういってエアロック室にうずくまるイホ・トロトを、残念そうに見つめる。

「そのあとは、ほかに選択肢はなく、かれを殺すしかなかった。でなければ、わたしが殺されていただろう」

「わたしはかれを疑っていなかった」と、ハルト人。「ともかく、命を救ってくれて感謝する」

宇宙服の補給システムをエアロック室につづくいくつかの回路につなぎ、キルシュの助けを借りていくつか問題をかたづけると、バッテリーを充塡し、酸素タンクを満たした。

ボルカイスが司令室から出てきた。

「あと数分で到着する。そのあと、どうする？　基地をただどこかに飛ばすだけなのか？」

「もちろん、そんなわけにはいかない」と、ハルト人。「ラウデルシャークとその助手たちに警告しなくては。かれらを殺すつもりはない」

ボルカイスは有柄眼をのばすとならべて横にかたむけ、ハルト人を鋭く見つめた。

「それについて考えたのだが、あらかじめ警告しないという結論に達した。そうすれば攻撃できる。即刻、実行し、徹底的に行動しなくてはならない。ラウデルシャークと助手たちに、基地を立ち去ってくださいなどと礼儀正しくたのんでいたら、宇宙船を送りこまれて一斉攻撃され、永遠に暗闇に葬られるだろう」

「われわれが発見されることはない」イホ・トロトは冷静に応じた。「わたしはこの搭載艇をはなれ、べつの位置からラウデルシャークに通信する。ラウデルシャークがすぐに船をわれわれに向けて送りだしたとしても、むだなこと」

「運にかけるのだな」

ギロッドが司令室からやってきた。

「宇宙船を二隻、探知した」大声でいう。「ラウデルシャークが基地から撤退させているかのように見える」

「ありえない」と、ボルカイス。「なぜ、そんなことを？　かれはおろか者ではない」

「アウエルスポールだ」イホ・トロトがいった。「かれしかラウデルシャークに警告できなかったはず」

「それが真実なら、ラウデルシャークはいま、われわれを探している。基地を攻撃するチャンスはないだろう」

「すぐにわかる。わたしは艇を降りる。きみたちは退却してくれ。わたしは球を持っていき、攻撃する」

ほかの者たちはハルト人の計画に反論したが、それを押しとおすほど強く反発する者はいなかった。全員、根本的には、ハルト人が恐ろしい危険をかたづけるといったのをよろこんでいたのだ。

そのため、ボルカイスはとうとうハルト人に球形武器を手わたし、もう一度正確に使い方を説明した。

「そんなに苦労しなくてもいい」イホ・トロトは笑った。「なんとかあつかえる」

トロトは球をわきにかかえると、エアロックから飛びだし、敏捷に搭載艇をはなれた。数分で暗闇に慣れ、探知も充分できるようになった。

絶対的な静寂で、気分は爽快だ。

一物質塊に立ち、遠くに消える搭載艇を眺めた。振りかえると、フィゴ人の半球型宇宙船が見えた。直径二百メートル。弧を描いてきわめてゆっくりトロトに迫り、そばを通過した。トロトは物質塊の亀裂のなかにうずくまり、船が残骸のあいだに消えるのを待った。

想像していたとおりだ、と、ハルト人は考えた。搭載艇は、あの船からかくれられないだろう。探知され、破壊される。

トロトは物質塊からはなれて次の塊りにうつり、なんとかはしまで行く。ラウデルシャーク基地が見えた。ドームわきの着陸床には二隻の宇宙船がのこっているだけだ。ほかの船はスタートしていた。ブルーク・トーセンとともに乗ってきた球型船も着陸していない。そのことを思いだしても、イホ・トロトの心は痛まなかった。

視界が無数の物質塊でさえぎられ、自転する虚無がある方向がわからない。しかし、物質塊はつねに自転し、移動しているので、しばらくすると隙間ができて、物質の縁を見ることができる。そこから虚無がはじまるのだ。

さらに瓦礫フィールドを進み、自転する虚無と自分のあいだにラウデルシャーク基地がくるような位置に到達した。

〈そんなことをしてはいけない！〉声がトロトに訴えてくる。からだをうがつ氷のようだ。

大勢の要員が転換基地から出てきて着陸床を走り、両宇宙船に向かっている。かれらが安全を確保するまで、攻撃は待たなければならない。イホ・トロトはだれも殺したくなかった。

〈あきらめろ、ハルト人！　おまえのところに行き、罰するぞ〉

イホ・トロトは面食らった。

わたしのところにきて、罰する？　黒い唇にほほえみが浮かぶ。

〈もっと慎重になるべきだったのだ、アウエルスポール！　いま、きみが近くにはおらず、かなり遠くにいると、わたしは知っている〉

究極の存在は応えなかった。ハルト人は、自分の考えが正しいと確信した。アウエルスポールの妨害を恐れる必要はない。しかし、数分後には注意をはらうはめになる。究極の存在はどこからか急速に接近し、攻撃してくるだろう。だがしかし、その攻撃までは充分な時間がのこっている。

両宇宙船がスタートした。

イホ・トロトは武器を転換基地に向けて発射した。むらさき色のビーム球が、プラットフォームめがけて飛ぶ。こうして基地の終焉がはじまった。

しかし、ハルト人はそれでは満足しなかった。ドームを自転する虚無へ飛ばすだけではなく、巨大なプラットフォームも深淵へひきずりこませるのだ。セト＝アポフィスの損害を、可能なかぎり大きくするために。

武器のビーム球をプラットフォームめがけて次々と発射する。

しかし、そこでハルト人は武器をおろし、身をかくしていた物質塊からはなれた。

まさにちょうどいいタイミングだった。

両宇宙船で光がまたたいたとき、トロトは謎の武器から百メートルもはなれていなかったのだ。腕ほどの太さのエネルギー・ビームが暗闇をつきぬける。ビームは、トロトがたったいままでいた場所に命中した。火山が深い口を開けたかのようだった。一瞬のうちに残骸が灼熱の塊りとなる。

物質塊がはじけて、武器が爆発した。

イホ・トロトは、恒星に衝突して燃え盛る炎につつまれたような気がした。こうした展開を予想して、すでにからだの分子構造は転換させ、宇宙服もそれに適合するように特殊制御している。白く輝く物質塊が旋回しながら飛んできた。爆発源に背を向けていて気づくのが遅すぎ、もはや避けられない。肩にはげしい衝撃を感じ、逆方向の暗闇へ、とてつもない速度で飛ばされた。

目がくらまないようにまぶたを閉じてからだをちぢめ、腕をからだに巻きつけ、球のようになり宇宙空間を飛んでいく。

自分のことにかかりきりで確認できなかったが、むらさき色のエネルギー・ボールはラウデルシャーク基地に到達していた。基地をなぎたおし、プラットフォームに穴をうがって砕く。それが加速しながら、自転する虚無へ突進した。

プラットフォームは数キロメートルの長さがあり、幅もやはり数キロメートル、厚さ数百メートルの代物だ。この巨大な塊りは瓦礫フィールドを進み、かつて回転エネルギーから生じた数々の物質塊を巻きぞえにした。自転する虚無に到達すると、いまにも非物質化しそうなほど速度をあげた。

イホ・トロトは事態をただ感じとれただけだった。砲弾のように瓦礫フィールドを飛んでいく。いずれどこかに衝突するのは目に見えていた。

しかし、それについてはほとんど心配していなかった。それよりも問題なのは、自分はこの状況では無力で、アウエルスポールにとっては最大の攻撃チャンスだということだ。

爆発源から充分はなれ、自転する虚無に突入することはないと確信できると、推進装置のスイッチをつかみ、慎重にからだをコントロールしようとした。

しかし、そのとき物質塊に衝突してしまった。勢いよくはねあがり、こんどはすこし速度が落ちた状態で飛んでいく。宙返りがはてしなくつづいた。

こんどは推進装置の性能を最大限に発揮させて速度をゆるめると、すこしして一残骸にやわらかく着地することができた。突起につかまり、あたりを見まわす。

ラウデルシャーク基地のプラットフォームがあった場所に、巨大な間隙《かんげき》が口を開けていた。

「完璧に成功した」ヘルメット・マイクロフォンに話しかける。「基地は消えた。聞こえるか？」

歓声がヘルメット・スピーカーから響いた。

「うまくやったのだな！　すばらしい！」ボルカイスが大声をあげる。

「おみごと」エチンラグがつけくわえる。ふだんどおり冷静だ。

「迎えにいく」ジャロカンが甲高い声でいった。両生類生物は明らかに自分の感情と戦っていた。「じつのところ、あなたがやりとげ、しかも生きのこれるとは思っていなかった」

「生きのこるのがこの作戦のむずかしい部分であることは、いまなお変わりない」トロトが応える。「アウエルスポールがこのあたりをさまよい、わたしを探している。急いでくれ」

「すでに向かっている」と、ジャロカン。

「そこを動かないで」ギロッドが要求した。「通信が維持されているかぎり、位置を測定できる」

イホ・トロトは青い光が迫ってくるのに気づいた。

「だめだ」と、トロト。「ここをはなれなくては。アウエルスポールに見つかった。アンテナの方向へ進んでみる」

〈それはおまえの生涯でおかす最後の間違いになるだろう〉

その声には、イホ・トロトが聞くようになってからはじめて、感情が深く刻まれていた。

アウエルスポールはトロトを憎んでいる。そのため、こちらにとっての危険はより増していた。敵はけっしてあきらめず、決着をつける戦いに持ちこむまで追跡しつづけるだろう。

〈わかっているな〉アウエルスポールがいった。〈まさにそのとおりだ。いまは逃げられるかもしれないが、なにも変わらない。終わりがすこし遠のくだけだ〉

これは根拠のない脅迫などではなかった。アウエルスポールが徹底的であることをハルト人は知っている。いずれ解決しなければならない問題なのだ。

そんなことが可能なのだろうか、と、自問する。

かつてアウエルスポールを自転する虚無へ送ったが、究極の存在は舞いもどってきた。〈そういうことだ〉敵があざける。〈何度でもフロストルービンからもどってくる。おまえをそこに送りこむまで。だが、おまえはそこで終わりを迎え、自分が不死ではないことを知るのだ〉

イホ・トロトは残骸から残骸へ急いだ。振りかえるたびに、セト＝アポフィスの生んだ生物の青く輝く目が見える。つねに距離が縮まっている。アウエルスポールは明らかに最初の追跡で学んでいた。いまはイホ・トロトが方向転換する先を予見している。トロトの思考に集中して、けっして困惑することはないようだった。

ハルト人は自分が逃げようとする方向から何度も考えをそらそうとし、計画脳がそれを支えた。しかし、まさに思考が並はずれて明確なせいで、究極の存在に本来の意図が伝わってしまう。

だれかの助けがなければ、この追跡はまもなく終わりを迎えるだろう。

「どこにいる?」通信で仲間に問いかける。「アウエルスポールが追いかけてくる。すぐに収容してもらえなければ、捕まる」

「エンジンに問題があって、搭載艇が思うように動かないのだ」ボルカイスが応えた。

イホ・トロトは一物質塊に到達した。その前にちいさい残骸片が四つある。推進装置を使ってそこに向かい、残骸片をつかむと、アウエルスポールに向かって投げた。ひとつが究極の存在に命中し、大きくわきに押しやる。こうしてリードをいくらかひろげて、先を急いだ。次の物質塊についたとき、搭載艇を確認した。

とっさにそこに逃げこもうとしたが、それはできないとわかった。

「きみたちが見える」トロトはいった。「だが、行けない。わたしがそこに行けば、アウエルスポールはきみたちも相手にすることになるだろう」

「スクリーンで、あなたをとらえている」ボルカイスは明らかに驚いているようだった。

「究極の存在もだ。攻撃してみる」

「無意味だ。エネルギーをむだにするだけだ。むしろ艇を修理してくれ」

「あなたは、どこに行くつもりだ？」

「アンテナだ」

「可能になりしだい、われわれも行く」

イホ・トロトは瓦礫フィールドに逃げこみ、搭載艇は見えなくなった。恒星の暖かい光をはなれ、気温がどんどんさがりつづける極寒の地へ行くような気分だ。はるか前方に、暗闇でぼんやり光るアンテナがあらわれた。

＊

「これが高圧ポンプだ。故障している」

ボルカイスはそういって、搭載艇の機械室で複雑な様相の機器をさししめした。

「修理できるか？」ジャロカンがたずねた。

「やってみる」

「急いでくれ」エチンラグがせきたてる。「イホ・トロトにはわれわれの助けが必要だ。

しかも、すぐにだ！」

　抵抗グループの五名は息苦しいほどの緊張につつまれていた。アウエルスポールが近くにいて、それに対して非力だということをよくわかっている。キルシュは司令室ですわって、スクリーンを監視していた。究極の存在が接近してきたら、すぐに報告するつもりだ。

「で、なにがいいたい？」ボルカイスは突然、怒りにかられて声を荒らげた。「わたしがわざと修理に時間をかけて、ハルト人に究極の存在を押しつけようとしているとでも思っているのか？」

「侮辱するつもりではなかったのだ」サウパン人は驚いて誓った。

「わたしをひとりにしてくれ」と、フィゴ人は要求した。「行け。失せろ。きみたちがじゃまをすると、わたしは作業ができない」

　エチンラグ、ジャロカン、ギロッドはそれにしたがい、機械室を出て司令室にもどった。全員、無言だ。だれもがイホ・トロトのことを考えていた。いつもならきっとともに問題にとりくんでいただろうハルト人が、自分たちとアウエルスポールのあいだにいることも。

　キルシュは、かれらが司令室にもどってくると安堵していった。

「ほかの者たちからはなにも連絡がない。通信を試みたのだが、失敗に終わった。連絡してこない。われわれ、抵抗組織のあわれな残党ということ。きみたち、実際それがわかっているのか？」

＊

二十機をこえるクルウンの搭載艇が、光るアンテナをかこんでいる。

イホ・トロトは状況を悟った。

鳥に似た生物は、アンテナを聖遺物のように考えている。おそらくいま、これを讃美しているのだろう。

これは聖遺物ではない。ネガティヴ超越知性体の権力手段で、これを使ってセト＝アポフィスはクルウンもふくめたほかの者たちに影響をおよぼし、自由を奪っているのだ。かれらにとってはつらいことになるだろうが、破壊しなくては。

土台部分についたとき、トロトはアウエルスポールから一キロメートル前方にいた。その距離があっても、アウエルスポールがはっきり見える。

アンテナの機能をとめるため、なにをすればいいか、まだわからない。だが、土台にハッチがあるのを発見。開いてなかにはいり、ハッチを閉めることに成功した。通廊をぬけて、さまざまな機器が動くホールに出た。中央には巨大コンピュータの十字形の制御台がそびえていた。

いぶかしく感じて周囲を見まわす。アンテナの土台にあるのがこれだけとは思ってもいなかった。実際のところ、空洞だ。ここからはほとんど制御できないだろう。アンテナから発するインパルスの源は光るオベリスク内部にあるにちがいない。土台に収容された機械は、ほとんど関係ないようだ。コンピュータの周辺装置になっている。

イホ・トロトはコンピュータに近づき、制御コンソールを見つめた。なにか変更しようとしても、まったくむだだった。

〈とにかくなにもするな〉アウエルスポールの嘲笑する声がトロトの心に響いた。〈おまえにはなにもできない〉

ハルト人はその声を無視しようとしたが、うまくいかなかった。

〈おまえは罠にはまったのだ、友よ〉アウエルスポールが勝ち誇る。〈おまえはまさに、わたしの狙いどおりの場所にいる。もはやわたしから逃れられない〉

このときハッチが開く音が聞こえた。

なにか行動しなくては。状況を変えたければ、ぐずぐずしていてはだめだ。

すぐに決断し、コンピュータから数歩はなれた。走行アームにからだを沈め、頭からコンピュータにつっこむ。高圧縮テルコニット合金製の弾丸のように、トロト人はコンピュータをぶちぬき、破壊の跡をのこした。

しかし、それだけでは満足しない。数メートルわきへ急ぎ、あらためて横からコンピュータをぶちぬいた。一連の放電が起きる。

トロトの意識のなかで悲鳴が響きわたった。究極の存在の怒りと、はてしない失望の声だった。

アウエルスポールがホールにはいってきた。

イホ・トロトの前で、脅すように立ちはだかる。

ハルト人はうしろにさがった。

〈心配するな〉テレパシー性の声が響く。〈おまえとは戦わない。必要ないからだ。おまえはコンピュータを破壊し、アンテナを壊した。崩れたアンテナは速度を増す。われわれ、すでに自転する虚無へ向かっている。終わりだ、ハルト人。おまえはともに旅立つのだ。しかし、おまえには帰り道はない。帰れるのはわたしだけだ〉

イホ・トロトは、この話が真実だとわかった。

ホール出入口の前で、アウエルスポールが丸太のように立ちふさがっている。わきを通りぬけるのは無理だ。まさに罠にはまった。しかし、本当に捕まったのだろうか？

アウエルスポールとともに自転する虚無へ行くと、刑を宣告されたのか？

まだそれはうけいれたくない。

走行アームにからだをおろした。手を床に押しあて、力強くつきはなす。ホールの壁に突進し、数メートル手前で、時速百キロメートルまで加速した。

壁で頭に穴をうがつ。すでに壊れた機械一基をさらに打ち砕き、台座の比較的薄い外被を破った。

また究極の存在の怒りの声が、トロトに聞こえた。

しかし、イホ・トロトは勝利をよろこばなかった。

土台からゆっくりはなれながら、敵が真実をいったのを確認した。アンテナは光が消えていた。

そして崩壊した。かつて輝く物質だったアンテナは中軸に向かって崩れ、もろく粗い残骸となった。

しかし、超越知性体の権力手段である機器は、実際に動きだしていた。イホ・トロトには、自転する虚無にひきずりこまれる残骸の縁が見えた。アンテナは速度をあげながらそこに驀進《ばくしん》している。

トロト自身も。

台座から離脱し、アウエルスポールから逃れたが、いまはアンテナから百メートルの位置にならび、フロストルービンに向かって飛んでいる。もはや自力で助かる可能性はない。推進装置を作動させてもむだで、まったく効果はなかった。

だが、イホ・トロトは見はなされてはいなかった。

クルウンの一搭載艇が突然、近づいてきた。接近するようすを見て、ハルト人は搭載兵器で殺されると確信した。

それは、アンテナのそばにのこっていた唯一の搭載艇だった。ほかの艇はすべて瓦礫フィールドに撤退していた。

乗員たちの憎悪の的になる、と、ハルト人は考えた。クルウンがトロトの動機を理解せず、認めもしないことはわかっていた。説明しようとしても、聞く耳を持たないだろう。

だが、クルウンは銃撃してこなかった。

搭載艇が横にならび、エアロックが開いた。

イホ・トロトはこのチャンスを利用した。エアロック室にはいりこむ。ハッチが閉まり、搭載艇は加速した。自転する虚無から遠ざかっていく。

イホ・トロトは、アウエルスポールが近くにいるのを感じた。憎悪の念がおおいかぶさってくる。究極の存在がなにか伝えようとしてきたのを感じたが、突然、トロトのなかがしずかになった。

アウエルスポールはもはやいなかった。

また自転する虚無に突入したのだ。

いつもどってくるだろうか？

こんどは準備するぞ、と、ハルト人は考えた。打ち勝つ方法を見いだす。

エアロックの内側ハッチが開いた。

前にクルウンが二名いた。その目から憎しみがほとばしっている。

「やあ、友よ」トロトはいった。「助けてくれて感謝する」

「あなたはこの事実をじきに呪うようになるだろう」神官のトカルが応えた。

「近くにわが友が数名、きみたちの搭載艇の一機にいるのだが、動けなくなっている」ハルト人はつづけた。「どうか、そこまで飛んでくれないか。かれらには、きみたちの助けが必要だ」

「飛ぼう」と、グコル。

「あなたは恐ろしいことをしでかした」トカルが声を震わす。「だれもあなたを許しはしない。それはまもなくわかる。自転する虚無に突入したほうがずっとよかったと悟るだろう」

カルデクク・サークル

クルト・マール

登場人物

ペリー・ローダン……………………宇宙ハンザ代表
アトラン………………………………アルコン人
レジナルド・ブル（ブリー）…………ローダンの代行
ジェン・サリク………………………深淵の騎士
ヌガジュ………………………………テラナー。バンブティ族の末裔
マグ＝ウォルトのアジム……………アコン人
ロアルク＝ケール……………………トプシダー
キウープ………………………………異人。ヴィールス研究者
ゲシール………………………………謎の女
ラフサテル＝コロ＝ソス（コロ）……ポルレイター

1

頭皮にひくつくような刺激を感じて、男は恐れていたことが起きたとわかった。追跡されている。

色鮮やかな帽子のなかにＩＤスキャナーがあり、追っ手を認識するとやわらかく脈打つようにセットされていた。スキャナーは帽子の透明部分から三十メートル四方を監視していて、その範囲内の人物の映像を、高性能マイクロプロセッサーがつくりあげ、比較する。少し前に接触した者と同一人物と確認した場合、警報を発するのだ。

かんたんな作業ではない。ここはテラニア・シティ新開発区域の中心地にある、銀河系でも巨大な広場の地下だ。Ｄ階層は、いつもの午後の雑踏につつまれていた。あらゆる種族の者が数万名もくりだしている。パイプ軌道駅に向かう者、買い物や商売をする者、あるいは物見にきた者もいる。

ほかの場所では、IDスキャナーをしこんだ派手な色の帽子などかぶっていれば、注意をひくだろう。それは二百年前に遠い開拓地惑星で流行したものだ。異国風の男は、けばけばしいむらさき色のズボンに、折り返しのある黄色いブーツをはき、からだには真っ赤な肩かけを巻いている。ビロードに似た黒い素材のシャツはブラウスのようにゆったりした仕立てで、袖は長く膨《ふく》らんでいる。架空の生物が刺繡されたボレロは前が大きくはだけ、シャツの襟口からは濃いグリーンのバンダナがのぞいていた。円錐形の縁なし帽は、高さがゆうに三分の一メートルはあり、そのてっぺんを色鮮やかな羽根でつくった輝く環が飾る。さまざまな種族が行きかう場所でなければ、通りすぎる者たちは立ちどまり、この奇妙な姿に目をこらしただろう。しかし、テラニアではみな、奇抜なことに慣れている。この色とりどりの服装を振りかえって見る者はほとんどいなかった。

たくさんのしわの刻まれた、よく日に焼けた顔に、知性的な冷たいグレイの両目が光る。唇は薄く筆をひいたかのようだ。男は周囲をうかがった。スキャナーのインパルスがくりかえされる。頭皮のひくつきは、三つの異なるインパルス・グループを明らかに区別していた。つまり、追跡者は三名いる。男はブルー族の若者グループのそばで立ちどまり、かれらが地面に描きはじめた絵を熱心に鑑賞した。かれらの故郷、風変わりな動物が住む乾燥したイバラのステップの風景だ。表現豊かな芸術作品である。好奇心に満ちた四、五十名があらわれ、コインを投げて、地球外生物たちの努力を評価した。

多彩な服装の男も、施しをするためにからだを動かした。服についたたくさんのポケットを探っているように見せて、その目を急いで群衆にはしらせる。追跡者三名に関係があるとしめす特徴をたしかめているのだ。

観察がつづいたのは短時間で、たちまち見つけだした。肩幅がひろく首の太い三名で、髪と髭《ひげ》のスタイルから、スプリンガーとわかる。たがいに関係ないようによそおっているが、三名がかわすひそかな視線を見逃さなかった。

男はグリーンの一ギャラクス紙幣を落とし、歩きはじめた。

＊

男は自分の変装に完全に満足していた。見世物のような色とりどりの服としわだらけの顔とグレイの目の背後にいるのが、今後二十時間、発見されないことにすべてがかかっている男だとは、だれも思わないだろう。二十時間というのは、テラナーが大胆にもカルデクの盾を手にいれたせいで、ポルレイターのラフサテル＝コロ＝ソスにつきつけられた、災《わざわ》いの最後通牒《つうちょう》が過ぎ去るまでの期間だ。

ガルナルのかくれ場から逃れて以来、アトランは追跡されるのを考慮にいれていた。自分の変装を追跡者が予想するのもわかっている。しかし、おそらく、地味な目だたない格好をしていると考えるだろう。どこか未開の開拓世界からきた派手な洒落者のように飾りたてているとは思いもしないはずだ。スプリンガー三名はこちらのシュプールを見つけたが、かれらの注意をひいたのはこの変装ではない。まったくべつの手がかりを発見したにちがいない。

自分とカルデクの盾を使ってペリー・ローダンを脅迫しようとした異人四名のところを脱走してから、まだ二十四時間もたっていない。奇妙なことに、四名のうち一名が脱出を手助けしてくれた。トプシダーのロアルク＝ケールだ。その動機は、よく考えても判明しなかったのだが。その前にシガ星人のジョンソン・マデイラが、三カ月半前から頭皮の下に居すわっていたセト＝アポフィスのスプーディから、情け容赦ない方法でアトランを解放してくれた。こうして、超越知性体の影響から自由になれたのだ。意識のコントロールをとりもどし、自分がこの数週間、徹底的なやり方で人類に損害をあたえようとしていたことを知って慄然とした。セト＝アポフィスの力にとらわれたのは、かれだけではない。《ソル》の全乗員一万名が変性したスプーディを頭に埋めこまれていた。セト＝アポフィスの意図は、自由テラナー連盟と宇宙ハンザの権力組織に気づかれずに潜入することだった。昆虫に似たスプーディのメカニズムが変性してからの出来ごとについては、完全に記憶にのこっている。多数の《ソル》乗員がすでに目標に到達したことを、アトランは知っていた。LFTの政治的組織とGAVÖKを内側から切り崩し、セト＝アポフィスによる併合のための攻撃態勢をととのえる努力は、まさに実を結びつつある。

しかし、目下、それはアトランの最大の心配ごとではなかった。セト＝アポフィスの攻撃は間近に迫っているわけではない。敵の超越知性体がまともな成功を見こんで攻撃できるまでには、数カ月、それどころか数年にわたる潜入者の慎重な作業が必要だろう。そのあいだに解決すべき緊急の問題があった。

クリフトン・キャラモンが惑星アラロンでポルレイターからカルデクの盾をうまく盗みだしたことで、ラフサテル＝コロ＝ソスはテラに最後通牒をつきつけた。キャラモンのむこうみずな行為のあと、四週間以内に盾が自発的にポルレイターに返却されなければ、この最後通牒が効力を発するのだ。その間、最後通牒の文言は、コロによってテラナーの状況が困難になるよう変更された。

四週間の期限は、あすNGZ四二五年十一月二十五日に切れる。アトランは電撃作戦を用いて、秘密ステーション・ゲイドナードの近くでカルデクの盾を奪った……そのときはまだ、セト＝アポフィスの問題解決のために使用するつもりだったのだ。そのさい、盾はゲイドナードで不適切にあつかわれたため、消滅したと考えられた。時間にまにあうように最後通牒の脅迫に対処できるかもしれないという希望は、テラニアのハンザ司令部上層部のあいだでついえた。ラフサテル＝コロ＝ソスは、テラナーに科す予定の罰について詳細は知らせてきていない。ただ、最初にそれをうけるのがペリー・ローダンとジェン・サリク、深淵の騎士ふたりだということだけが周知されていた。

ガルナルを脱出したとき、アトランはまずあらためて装備をととのえ、カルデクの盾を安全な場所にかくした。盾がたどった運命を内密にはしておけないだろう。圧制者たちはペリー・ローダンを脅そうとした。そのせいで本来の範囲をこえて、関係ない者たちにまで知られることになってしまった。カルデクの盾には、はかりしれない価値がある。とりわけポルレイターの到着以来、テラニアには銀河系全体におよぶ恒星間の地下組織が存在し、それらは多かれすくなかれ、よく機能している。盾の奪取に数百万ギャラクスもの報奨金がかけられているのは確実だ。

アトランのジレンマは、盾をポルレイターに返す方法が見つかるまでじゃまされずにいたいと思う一方で、返還は衆人環視のもとにおこなわれなければならないということにあった。ポルレイターが最後通牒を実行する可能性をなくすためだ。アルコン人から見れば、ポルレイターがそうした行動を起こす可能性はあると思われた。

ラフサテル＝コロ＝ソスは、最後通牒の経過とそれにつづく処罰を最大限に公衆の面前で披露すると告知している。俗な儀式に全通信社がレポーターを派遣すると、アトランは聞きおよんでいた。あとはただ儀式が開催される時間と場所の告示を待つだけだ。もっとも理性的に考えれば、ローダンとサリクが〝処罰される〟のは、最後通牒が切れるその瞬間だと思われる。わたしはすべてのカメラの監視下で、カルデクの盾を返却し、ポルレイターたちに約束を守るよう迫るのだ。

そこまで持ちこたえられれば！

これまで追跡はまぬがれてきた。しかし、その状況が突然、変化したのだ。

＊

行くあてもなく散歩しているかのように、アトランはE階層におりるスロープに向かった。周囲は家路につくテラニア市民たちでごったがえしている。

スロープのなかばで、発光表示が輝く細い側道に気づいた。〝ポジトロン搭載機器のみ通行可能〟とある。とっさに思いついて、スロープの右側を進み、終点のすぐ前にくると、ジャンプして細い通廊にからだを押しこんだ。表示によれば、ここをうろつく理由があるのはメンテナンス・ロボットくらいだ。近くにいる数名は驚いてかれを見やったが、行動を起こす者はいなかった。

せまい通廊は暗かった。しかし、はるか奥にぼんやりした光が見える。急いで前に進むと、さまざまな機器のある、照明の暗い小部屋にたどりついた。機械音が響いている。多様な大きさとかたちの機械が作動し、スロープを動かしたり、空気や気温を調整したり、さまざまな働きで、人類が地下でも快適にすごせるようにしている。

ほかに出入口がないことをたしかめて、かれは人間大のマシンのかげにかくれた。自分が追跡者を苦境におとしいれたことはわかっている。相手はこの突然の行動で、こちらが追跡に気づいたことを知っただろう。周囲の注意をひいても、あえて追ってくるだろうか。あるいはスロープをときどきうろつきながら、自分がまた姿をあらわすのを待つだろうか？

長く待つ必要はなかった。何者かがひっかくような音をたてて暗い通廊を小部屋に向かってくるのが聞こえ、敵が接近しているのが感じられる。道のはしまでくると音はやんだ。だれかがなまりの強いインターコスモの、きしむような声で話しはじめた。

「出てこい、降伏しろ！　チャンスはない」

アトランは動かなかった。パラライザーの甲高《かんだか》い発射音が響く。スプリンガー三名のうち一名が小部屋に向けてやみくもに撃っているのだ。今後の展開が読めた。一名がうしろでとどまり援護射撃するあいだ、ほかの二名が小部屋に侵入するのだろう。恐怖は感じなかった。マシンの外被はポリマーメタル製で、パラライザーの麻痺ビームをさえぎる。

二スプリンガーが通廊の暗がりから飛びだし、次の掩体《えんたい》に走った。アトランはそれを放置した。かれらはこちらが撃つのを待っているのだ。静寂に不安になっている。

「もう、ここにはいないんじゃないか」一名がいうのが聞こえてきた。

「どこに行くというのだ？」もうひとりの声が響く。「ほかに出口があるのか？」

「たしかめてみる」最初の声が応じる。

一スプリンガーが立ちあがり、慎重に周囲を見まわし、小部屋の奥に向かって機器の列のあいだをゆっくり進んできた。静けさで安心したのか、第三の追跡者も通廊のかくれ場をはなれ、接近してくる。これまで沈黙をたもってきたこのスプリンガーもからだをのばし、

「どうしてかれがわれわれに気づけたのか、考えているんだ」と、つぶやく。

「まだわからないが……」通廊からきたスプリンガーがいいはじめた……黄色いスーツを着用している。

そこで話がやんだ。アトランはこれ以上、状況の好転は望めないと悟り、銃を発射した。そばでスプリンガー二名が、甲高い音をたてるパラライザーのビームを浴びて倒れる。のこるのは、小部屋の奥にいる一名だ。あちこち見まわしながら、奇襲をしかけてきた敵をぎらつく視線で探している。

アトランは三度めの発射をした。ビームが追跡者をかすめるだけと確信できるまで、時間をかけて慎重に狙いを定める。スプリンガーは苦痛のうめき声をあげ、降参した。麻痺した手から銃が落ちるのが聞こえ、アトランはかくれ場から外に出た。

先に力を奪った両名は気絶したから、あと一時間は目をさまさないだろう。最後の一名は半身だけ麻痺し、恐怖に満ちた目でアトランを凝視している。アトランは四歩手前

で立ちどまり、パラライザーの銃口を相手の頭に向けてたずねた。

「おまえたちの目的はなんだ？」

「あんたを……守ること」スプリンガーがあえぎながら答える。

「だれから？」アトランはたずねると顔をゆがめ、嘲笑した。

「何十名もの……追っ手があんたを追いかけている」からだが麻痺した者はうめく。

「かれらは全員……カルデクの盾をほしがっている」

「ほう。だが、おまえたちは、純粋な隣人愛でわたしを追っているというわけか」

「完全に……ではないが」苦しそうにいう。「われわれ、褒美を期待している。もし、あんたを……安全に……ハンザ司令部へ連れて帰れば……」

「おまえの名は？」アルコン人はたずねた。

「ヴォルガーだ」と、スプリンガー。「そこの二名は……ナクトとサスピル」

「いっておく、ヴォルガー」アトランは真剣な口調でいった。「褒美などなにも手にはいらない。わたしは、自分の身は自分で守る。そもそもおまえの話など、ひと言も信じていない。仲間二名が意識をとりもどすまで、ここで世話をしろ。われわれが次に会うことになったら、その出会いは今回よりもずっと友好的ではないと思え」

アトランはスプリンガーが落とした銃をひろうと、ポケットに滑りこませて歩きはじめた。だれの注意もひかずにスロープにたどりつき、パイプ軌道でE階層におりていく。

なによりも腹だたしいのは、もう変装を変えなくてはならなくなったことだった。

2

そこにいる生物は、この部屋の設備よりもさらに奇妙な印象をあたえた。身長一メートル半。なかば直立した姿勢で、ハンザ司令部の建物複合体を見わたすことのできる大きな窓のほうに向かっていく。非ヒューマノイドのからだの本来の重量は、節が刻みこまれた二本の短いずんぐりした脚にかかっている。もう一対の脚はより細長く、胴体の中央からのびていて、からだを支える役にたっていた。背中は薄いグレイの甲皮におおわれていて、その下から先が細くなった上体がつきだしている。上体には腕があり、先にははさみに似た指のついた把握器官があった。頭は大きな瘤《こぶ》のようで、頸はなく、からだに直接載っている。幅がひろい開口部は口で、歯のかわりに骨太のかたい顎の縁があった。円形にならぶ八つの青く光る目が、この異人の視覚器官だ。口の下に喉袋がさがっていて、それを使って発声する。背中の甲皮におおわれていない場所は皮膚の色が白く、顔は黄土色に輝いていた。無毛で衣服は身につけておらず、幅の太い銀色のベルトだけを、腕から前方の足のあいだに数回巻きつけている。ベルトは規則的に配置された隆起におおわれ、輝くコンタクト・スイッチがあちこちについていた。これはカルデクの盾と呼ばれる機器で、これを用いて、あらゆる面で恐れられるカルデク・オーラがつくられるのだ。

ラフサテル＝コロ＝ソスはハンザ司令部の広大な敷地を、考えこみながらじっと見つめていた。八つの目が脳内につくりだすイメージは、人類にはまったく不可解なものだろう。しかし、ポルレイターの意識はそれを、とてつもない焦点深度と強い立体的なコントラストを持つ視覚的イメージに仕立てあげる。

ラフサテル＝コロ＝ソスの意識が宿る肉体は、技術で生産されたものだった。二百万年以上前につくられ、ポルレイターの種族が持つすべての個体生態学、生物物理学の知識を体現化する、卓越した作品だ。

コミュニケーターの鳴る音が軽く響き、ラフサテル＝コロ＝ソスは窓に背を向けた。湾曲した天板のついた、テーブルに似た異国風の家具に歩みよる。

「どうした？」喉袋から声が、強者の言語であふれでる。

「こちらカネス＝ニタグ＝ワアル」受信機から声が響く。「コロ、どうやら、われわれ、一歩進めたようです」

カネス＝ニタグ＝ワアル……ワアルは職業名で、捜索者、スパイ、探偵といった意味だ……は、ラフサテル＝コロ＝ソスの指示にしたがって、同行者一名とともにテラニア中心部に滞在している。任務は、人類の日常生活を観察してかれらの心情を調査し、テラナーという種族の心理学的イメージを展開させることだ。それはいまだポルレイターには、初めての出会い同様に理解しがたいものだった。

「話してくれ、ニタグ」コロがうながした。

「盗まれたカルデクの盾のありかを知っていると主張する者と、連絡がとれました」

「テラナーか?」コロは信じられないようにたずねた。

「そう見えますが、違います。大昔にテラの住民と激戦をくりひろげた種族の一員だということです」

「その者の望みは?」と、コロ。

「金です」ニタグは軽蔑するような口調でいった。「盾のかくし場所を教えるにあたって、一千万ギャラクスを要求しています」

ラフサテル=コロ=ソスはしばらく考えこんだ。盗まれたカルデクの盾をポルレイターが自力でとりもどせたら、深淵の騎士ふたりを無罪にするあらゆる義務はなくなる。それがあらたな最後通牒の文言だったのだが。

「その者が信用できるか、たしかめてくれるな?」

「中立的な場所で会おうと提案しました」と、ニタグ。「相手はそれを了承しました。近づいたところで、カルデク・オーラを作用させてみます。意識にやましいところがあったら、すぐに露見しますから」

「そこには単独では行くな」コロが警告した。「だれか連れていけ」

「そのつもりです」ニタグは約束した。

「なにかわかったら、教えてくれ」コロはそういって話を終えた。

＊

「アトランから連絡はないので？」レジナルド・ブルは執務室のドアを通りながらいったが、ただ儀礼的にたずねたように聞こえた。

「皆無《かいむ》だ」ペリー・ローダンは陰鬱そうに答え、うなじに両手をあてて脚をデスクに投げだした。

「われわれの捜索チームは行動が制限されていまして」と、ブル。「ポルレイターがチームから目をはなしません。アルコン人になにか特殊な事情があると、知っているようです。かれを発見するには、ほかの手段を使うしかないでしょう」

「まるで解決策を知っているかのようだな」と、ローダン。

「おそらく……」

脚をデスクからおろすと、ローダンはシートをまわした。

「話してくれ！」友をうながす。「どんな提案があるのだ？」

「わたしの考えでは」レジナルド・ブルは冷静に答えた。「公安局がよろこんで関わるような一部の連中が、ウサギを追う猟犬のようにアトランを追跡しています。アトランが貴重なカルデクの盾を手中におさめたことは、いつまでも秘密にしておけませんぜ」

「そのとおりだ」ローダンはうなずいた。「しかし、それは新しい話では……」

「まだつづきがあるんですよ！」ブルは話をさえぎった。「その連中の一部は狡猾《こうかつ》で、アトランのシュプールを実際に見つけるでしょう。つまり、おそらく外のどこかに、われわれが行くべき方向をしめせる者がいるんです。その者にたずねたらどうです？」

ローダンは無表情だった。

「偵察しなくては」レジナルド・ブルは話をつづけた。「密偵が必要です。第一にポルレイターが知らない者、第二に地下世界を恐れない者が」

「そんな者を知っているのか？」

ブルがうなずく。

「だれだ？」

再度ドアが開き、奇妙な生物がはいってきた。黒い肌の、明らかにヒューマノイドで、身長はせいぜい百三十五センチメートルだ。口は大きく、唇も並はずれて膨らんでいる。まるい頭のてっぺんに生えた髪は短く、縮れている。色とりどりの羽根でできたような肩かけをまとっていた。その下は腰巻だけで、裸足だ。

ローダンはこの奇妙な生物に向かって、見当もつかないというそぶりを見せた。未知者は口に出されなかった問いを理解した。顔をゆがめて笑顔をつくると、白くりっぱな歯をのぞかせ、明るい声で告げた。

「わたしの名はヌガジュ、魔術師と呼ばれています。かつてイトゥリの森の上流に住んでいたバンブティ族の、最後の末裔《まつえい》です。ここにいるあなたの友が……」と、レジナルド・ブルをしめす身振りは、ほとんど慇懃《いんぎん》無礼だった。「わたしがひょっとするとあなたの助けになるといったのです」

ローダンはブルのほうを向き、無愛想にたずねた。

「どういうことだ？　なぜ、この小男が……」

「かれには秘密の人脈があるんですよ、ペリー」ブルは話をさえぎった。「われわれが探す予定の場所の事情に通じています。ただ、無償では働きません。見返りに、ちょっと大目にみてもらうことを要求していまして」

「なにをだ？」

「薬と護符の違法な取引を。肝臓損傷予防用の乾燥させてすりつぶしたサイの皮膚とか、精力向上用のムール貝にはさんだファイヤーサラマンダーの尻尾とか、男性生殖機能増強用のオカピの睾丸の粉末とか、そういったものですな。ヌガジュはそれで何度か逮捕されていて、こんどは矯正プログラムをうけさせられるでしょう。しかし、かれはそれを拒否しています。バンブティ族の伝統が失われると主張して」

ローダンはなにも反応を見せなかった。啓蒙された自由主義の時代でさえも、まだとんでもない薬や魔法の護符の市場があることは知っていた。

「自分の考えに自信があるのか？」と、レジナルド・ブルにたずねる。

「必要な情報は入手しました」

この答えにローダンはうなずいた。

「では、かれに仕事をまかせよう。保安対策を講じると理解してくれていい。刑の免除は保証できないが、われわれの役にたってくれるなら、とりなしをしよう」

ヌガジュはにんまりした笑みをそのまま貼りつけたような顔で、

「魔術師は、それ以上は望みません」と、いった。

ブルと小男が執務室を出ると、ローダンは危機対策本部に通信をつないだ。ハンザ司令部地下のあらゆる機器をそなえた研究室で、近隣や遠方を監視させている。若い女の顔がスクリーンにあらわれた。

「《ソル》から報告は？」ローダンはたずねた。

「ありません。船はひきつづきフィールド・バリアでおおわれており、特殊部隊に包囲されています。ゲシールはこちらの呼びかけにまったく反応しません」

予想どおりの答えだったが、それでもローダンは失望した。

「それからもうひとつ」若い女がいった。「ラフサテル＝コロ＝ソスがハンザ司令部に向かっています」

＊

ラフサテル＝コロ＝ソスの登場は、ペリー・ローダンのこれまでの体験となにひとつ変わりなかった。ポルレイター種族には、異世界の地表においては二名で行動しなくてはならないという義務があるのだが、種族の指揮官であるコロは、なにも恐れる必要がないと表明するかのように一名であらわれた。それでもカルデクの盾は作動させている。「きみの友、アトランの状態についてたずねるため、やってきた」コロが会話の口火を切った。

ローダンは惑星クーラトでも話されていた強者の言葉をマスターしている。ポルレイターとの意思疎通のためのトランスレーターは不要だ。コロの挨拶の言葉は、怪しげに響いた。これまでコロがアルコン人のことなど気にしたことはない。

「元気だと思うが」慎重に応じる。「そうでなければ、なにか聞いているだろう」

「居場所はわからないのか？」

「知らない。かれの一挙一動をすべて把握することは、わたしの任務ではない」

「本来、わたしの望むところではないが」コロがしばらくしていった。「あす、最後通牒の期限がくる。カルデクの盾の所在について、なにがわかった？」

これがかれらの手口だ、と、ローダンは考えた。話題を変えて相手を混乱させるのだ。

「最後通牒の条件はわかっている」と、冷静に応じる。「あなたが考えた処罰をわれわれに科すしかなくなるだろう」

「わたしがそれをよろこぶと信じているかのような、口ぶりだな」

「そんな印象が浮かんだもので」ペリー・ローダンは淡々と認めた。

「思い違いだ。わたしはコスモクラートの委託をうけて、なすべきことをしている。異人がポルレイターの技術を横領したことに耐えられず、最後通牒を告知したのだ。わたしは最後通牒の条件を実行する。そこによろこびも反発も感じない」

「どんな条件だ？」ローダンはたずねた。

「盾が自発的に返却されなかった場合の処罰だ」

「いかなる種類の罰だ？」

ラフサテル＝コロ＝ソスはすぐには反応しなかったが、とうとう強い口調でいった。

「最後通牒の期限がきたら、世界に伝説をつくることが重要だとわたしは考えている……実益に関係なく、今後さらに知的生物の意識を混乱させることだけに役だつイメージをつくりあげるのだ」

「言葉づかいに困難があるようだな」ペリー・ローダンは嘲笑した。「手を貸すのを許してほしい。最後通牒の期限がきたら、深淵の騎士二名を解任し、コスモクラートの委託人としてあなたたちだけが行動するのをだれも疑わないようにしたいのだろう」

八つの青い目の円が光った。ごく一瞬、コロは不安になったようだった。

「その推測は真実に近い」と、認める。「盾がいつ期限内にもどされるかというのは、両騎士の関心事だろう」

「われわれは、盾がどこにあるか知らない」ペリー・ローダンは手を振った。「よそう。こんな会話は無意味だ。ほかに興味のあることは？」

「自分の運命を甘んじてうけいれるようだな」と、ラフサテル＝コロ＝ソス。「いいだろう。次の話題にうつろう。きみがテラに帰還するさいに乗っていた船だが、フィールド・バリアにつつまれている。なぜだ？」

これこそローダンが待っていた問いだった。ポルレイターをもう一度あざむけるだろうか？

「あなたの代理人にはすでに説明したが、《ソル》乗員は混乱状態にあるのだ。祖先はこの地で生まれたのだが、かれらはこの惑星を知らない。《ソル》の男女は変革をもとめた。テラの社会構造を無理に変えて、自分たちの概念に適合させようと……」

「それは聞いている」いらだったコロがさえぎった。「わたしの問いに対する答えは？」

ローダンは冷笑して、きつくいった。

「知性体と話す場合、相手には相手の流儀で語らせなくてはならない、ポルレイター。わたしはあなたの従僕ではない。話を聞け。でなければ、さっさと立ち去れ！」

コロはふたたびためらった。自分の前にいる男が持つ自信に満ちた態度は、コロが慣れていないものだった。いったい、どこから生まれるのだろうか。

「話せ」と、短く答えた。「聞こう」

「《ソル》の主ポジトロニクスは、きわめて自律的に動くマシンだ」ローダンはつづけた。「《ソル》乗員が船を占領するのではないかと恐れていた……叛乱が失敗して、かれらが逃げなくてはならない場合に。その可能性を阻止するため、フィールド・バリアを作動させたのだ」

「バリアをふたたび切るように命じろ！」ポルレイターは要求した。

「数日後、ひとりでにそうなる」ペリー・ローダンはいいかえした。「そのあいだに、元来の《ソル》乗員のほとんどが捕らえられる。危険がなくなったとセネカが認識すれば、バリアを切るだろう」

ラフサテル＝コロ＝ソスは前方の両脚でからだを支えて高く押しあげ、立ち去りたいという意志をしめした。

「主ポジトロニクスに伝えてくれ。そのスケジュールはわたしが気にいらないと。日暮れ前にフィールド・バリアを切るのだ。さもなければ、カルデクの盾を使って《ソル》に侵入する」

ペリー・ローダンはドアが閉まるまで、ポルレイターの背中を見送ると、もれそうになる悪態を噛みつぶした。

3

ローダンの細胞核放射によって、声と外見がこの部屋の正当な居住者として認識される。居室のドアを開いたとき、薄暗い控えの間の奥から個人用サービス・ロボットの卵形の姿が浮かびあがり、軽く音をたてて漂ってきた。

マックスは体長六十センチメートル、幅二十五センチメートルだ。鈍く輝く明るいグレイのポリマーメタルにおおわれている。ものをつかむ触腕のような部分は、作動していないときは体内にひきこまれて、継ぎ目が見えなくなる。

ドアが背後で閉まる音が聞こえ、ローダンは非論理的な安堵感につつまれた……ほかの場所よりもここが安全だと感じる理由があるかのように。ロボットに向かいあうと、たずねた。

「おまえはマックスか？」

「マックスです」綿密に調整された声でロボットが答える。

ローダンはほほえんだ。もちろんマックスだ。しかし、きのうと同じマックスではない。つねに同じサービス・ロボットを使うぜいたくは、ある程度以上の任務につく者には許されていないのだ。所有者が不在のさい、プログラムが改変される危険があるから。可能性はすくないが、やはり絶対とはいえない。ペリー・ローダンは毎日新しいマックスを付与された。きょうのマックスは、きのうのマックスがあたえられた任務はおぼえているが、そのほかは、あらゆる規定によって技術的欠陥がないか試験された、完全に新しいプログラムチップを搭載している。

「二時間ほど休憩すると通達してくれ、マックス」ローダンはサービス・ロボットに命じた。「緊急の場合以外はじゃましないように。それがすんだら、注射をたのむ」

二分後、ローダンは最低限のクッションしかない寝台に横たわり、天井を見あげ、物思いにふけった。かれがおこなっているのは、危険なゲームだった。メタセリディンはまだ治験中の薬だ。きわめて複雑な分子構造を持ち、人類の脳の非常にせまい領域を選択して限定的にその作用があらわれるようにプログラミングできる。副次的分子構造のプログラミングによって、どの領域に作用するかが決まるのだ。メタセリディンの一般的使用はまだ自由化されていない。常用により蓄積する薬の作用が、充分に分析できていないためだ。

その危険を無視するよりほかに、ローダンには選択肢がなかった。少量のメタセリディンを調達して微量を注射していることは、自身とマックスたちだけが知っている。ローダンは自分で分子構造を調整し、一連のシナプスが遮断されるようプログラミングしていた。通常はそれらのシナプスによって、感情を刺激するインパルスが疑似論理的感情結節に流れこむ。

ほかの方法では、ゲシールが自分に行使してくる不気味な力をはらいのけることができなかった。

ゲシールは《ソル》にたてこもり、自分のところにくるようにローダンに要求した。船内にはいったら最後、セト＝アポフィスが細工したスプーディを植えつけられるのはわかっている……それでも、彼女の呼び出しに逆らうのは不可能だった。ローダンは無力になり、彼女の掌中《しょうちゅう》におちいりかけた。ゲシールの操り人形になるだけとわかっていても、彼女の魅惑にあらがう力は生まれなかった。

明瞭である瞬間がますます減ってきたそのとき、禁じられた薬に手をのばした。いずれ、よりいい解決法を考えなくてはならないのは明らかだ。ゲシールに対する感情をメタセリディンの注射でのコントロールは長くはつづけられない。しかし、いまは最後通牒の期限まで持ちこたえることだけが重要になっている。ラフサテル＝コロ＝ソスの最後通牒の脅迫を帳消しにすることが、自身にとって、そして人類にとっての責務だ。この目的に向かって、全思考力を集中させなくては。なににも気をそらされてはならない……ゲシールにさえも。

これまでのところ、うまくいっている。薬によって感情がおさえられた。正確に限定されたニューロンの集結部に薬の作用を向けることで、これまで心を占めていた荒々しい欲望を、憧れ程度のなんとか耐えられる気持ちにしずめることに成功していた。ゲシールは待ちぼうけを食らう羽目になった。最後通牒の危機を乗りこえたら、ローダンはまた彼女のことを考えるだろうが。

盗まれたカルデクの盾を返さないまま定められた期間が過ぎたらどうなるか、ラフサテル＝コロ＝ソスは話さなかった。しかし、ペリー・ローダンにはその計画は見通せる。いや、最後の深淵の騎士であるふたりを物理的に排除するとは想定していない。知的生物を殺すのは、ポルレイターの流儀にあわない。ポルレイターの計画に反対する態度をとったジェン・サリクとペリー・ローダンが、もはやコスモクラートの委託をうけたことをひきあいに出せないようにする、べつの手段があるはずだ。

ローダンには、ラフサテル＝コロ＝ソスが考えたからくりは、わからない。しかし、コロの思考を読みとったかのように確信していた。最後通牒の期限がきたとたん、ジェン・サリクと自分は深淵の騎士の資格をもはや保持していないだろう。

＊

かれは、テラ住民たちのあいだで〝悲しみの者〟と呼ばれていた。滑稽なほど短く太い柱状の脚にからだが載っている。上体は大きすぎるほど生育していた。頭蓋は太い頸の上にあり、不自然に大きい。黒い頭髪は乱れている……手間をかけていないからではなく、つむじが数十もあって、髪があちこちに向かって生えているからだ。大きな顔にはたくさんの赤褐色の染みがある。鼻はちいさく、とがっていた。口もちいさく、くちばしのようなかたちで、色のない唇のあいだからは、ときどきマッチ棒の頭に似た歯があらわになった。

"宇宙の捨て子" キゥープは、自分の外見にはまったく興味がなかった。かれはテラナーではない。自分と同じ種族のなかにいれば、魅力的な男と思われると確信していた。

この確信がどこから生まれるのか、自分でもわからなかったが。

目の前に、内側をエネルギー・フィールドで補強した透明容器がある。なかには超ヴィールスのちいさな集合体が浮いていた。惑星ロクヴォルトでキゥープが組みたてたものと同じようだが、かれ自身の産物ではない。これは《ソル》乗員の頭蓋を切開してとりだした。乗員たちはそれを "スプーディ" と呼んでいたが、危険なものに変性していた。セト＝アポフィスが自分の意志をそれに押しこみ、道具として使ったのだ。

数は一万にのぼる。キゥープ自身が《ソル》に乗ってテラにやってきた。

キゥープは、エネルギー・フィールドをあらためて調節し、強力なハイパーエネルギー・ビームを容器に向けて発する計測機器を読みとりながら、自分の種族の言語でひとり言をいった。声は甲高く、ほとんどわめき声のようになっている。かなりの興奮状態だった。きわめて重要な発見ができるかどうかの節目にあったのだ。

スプーディが動いている。ハイパーエネルギー・ビームの高周波インパルスで不快感がもたらされたのだ。方向を確認して、苦痛を感じるビームの影響ができるだけすくない場所に動こうとうろうろしながら、自身がインパルスを発している。それをキウープは機器で計測し、超ヴィールスの内部構造を把握していった。

かれが働くラボは、ペリー・ローダン自身によって自由に使っていいとあたえられた。宇宙ハンザのほかの施設からははなれていて、テラニアの町の住民のすくない古い場所にある。ポルレイターはラボの存在を知らない。キウープについても知らないといいのだが！

最終的な調整をして、パルス・ジェネレーターを最後に作動させ、機器の数値を読みとった……勝利の声がわきあがる。夜明けに毎日叫ぶ、〝イリアトルー〟に似ていなくもなかった。

予感は間違っていなかったのだ！　《ソル》乗員から採取した一万ほどのスプーディには特別な構造があった。これらは従来の超ヴィールスとは違う独自のプログラミングをほどこされ、《ソル》が運んだスプーディ数百万のなかで、特殊な役割をはたしていた。ヴィールス・インペリウムの一部が敵のものになっていたのだ！

まさに、キウープが知りたかったことだった！　これからは、ゲシールの脅迫も本来の百分の一しか意味をなさなくなるだろう。

＊

この討議にカルフェシュが唯一の部外者として参加するのは、もはや適当とはいえない。かつてコスモクラートのティリクの使者だったソルゴル人は、物質の泉の彼岸に住まう勢力とはとっくに関係がなくなっているからだ。だが、昔、コスモクラートから直接の指示をうけていた者がいあわせることで、深淵の騎士二名の自信は強まった。かれらはこれまでの危険な歩みについて議論するために、ローダンの居室でおちあっていた。

カルフェシュの半球形をした濃いブルーの目が、トランス状態にあるかのようになにかをじっと見つめている。鼻にかわる呼吸器官となっている生体フィルターが、かさかさと音をたてた。先が鉤爪のようになった両手は、服の太い袖にかくれている。

「あなたの推測が正しければ」ジェン・サリクがいった。「われわれ、表舞台から姿を消すことしか考えられませんね」

「コロがほかになにをくわだてるだろうか？」ペリー・ローダンは自説を弁護した。「コロははじめからかくしだてすることなく、最後通牒の期限がきたら、深淵の騎士二名に罰を科すといっている。ポルレイターについて知るかぎりでは、殺されることはないだろう。ほかにどんな処罰が考えられる？」

「きみたちから騎士の称号を剝奪するだろう」と、カルフェシュ。「テラナーの言葉でいえば、一石二鳥だ。ポルレイターの最後通牒を無視して罰をまぬがれる者はいないことを世界にしめし、ほかに計画のじゃまをした可能性がある障害物を排除するのだな。深淵の騎士としてのペリー・ローダンとジェン・サリクなら、コスモクラートの任務をひきあいに出せるが、騎士の地位にない両名はただのテラナーにすぎず、ポルレイターにあつかましくも抵抗することは許されない」

「どうやって、そんなことをするつもりでしょう？」ジェン・サリクは好奇心からたずねた。「つまり……われわれから騎士の地位を剝奪することですが」

サリクのふくらんだ頰がかすかに紅潮している。どっしりした赤い鼻は、ときにからかいの種になる。しかし、全体では……軽くカールした褐色の短髪、灰青色の目、ひきしまった唇、とがった顎……誠実な平均的市民といったようすで、その裏に特別なものを感じさせない風貌だ。この男がヴェイルトのイグソリアンの名をかたった者の知識を秘密ルートでうけとり、新時代における筆頭の存在としてコスモクラートから選ばれ、深淵の騎士の名誉を授けられたと想像するのはむずかしい。

「コロはそのための手段を知っていると、わたしは確信している。どう機能するかはわからないが」カルフェシュが答えた。「だが、かれの意図については疑う余地がない」

「いかに回避すればいいかという話を考えつづけよう」ローダンは会話をもとにもどした。「それほど方法はない。ポルレイターは亡者《もうじゃ》のようにわれわれを監視している。せめて数時間でもじゃまがはいらないようにするための陽動作戦が必要だ」

「コロは《ソル》に侵入したいのだろうか？」カルフェシュがたずねる。

「それは説得してやめさせなくてはならない問題のひとつです」ジェン・サリクが強くいった。「ゲシールが例の脅しを実行したら……」

「ゲシールが船内にいると、白状すべきだろうか？」ローダンがさえぎるようにいった。

「彼女がセト＝アポフィスによって細工されたスプーディを頭皮下に持っていること、セト＝アポフィスの一万の密偵が《ソル》でテラに潜入したことを」

「それは有効な戦略のひとつとなるだろう」カルフェシュが答えて、ふたりは驚いた。

「コロが一時的にバランスを失うこともあるにちがいない。深淵の騎士二名が敵の密偵の侵入を阻止できなかったと白状すれば、そうした作用が生まれるかもしれん」

この尋常でない提案にだれも反応できないうちに、かぼそく貫くような信号音が響いた。ローダンは頭をあげると、立腹していった。

「じゃまされたくないといっただろう！」

「きわめて重要な件です」マックスの声が隣室から聞こえた。「キウープが、ある発見をしたのです！」

それ以上ローダンが文句をいえないうちに、マックスが開いたドアから浮遊してはいってきた。卵形ボディの前面がヴィデオ・スクリーンになっている。ローダンのすぐ手前でとまると、スクリーンが明るくなり、ヴィールス研究者キウープの大きな顔がうつった。

「科学者たちは満足するでしょう」甲高い声で説明した。「大胆な仮説がこれほど早く証明されたのを目撃するのですから。《ソル》乗員が頭皮下にいれていたスプーディは、すくなくともある観点では、根本的にわれわれがこれまで関わってきた超ヴィールスとは異なっていました」

キウープがセト＝アポフィスによる変性の話をしているのでないのは、明白だった。そのまま話をつづけるが、ローダンはじゃまをしなかった。

「わたしが調査した一万のスプーディは、明らかに共生体ではありません。ヒューマノイドの意識に適応した制御メカニズムです。膨大な情報記憶バンクをそなえていて、超越知性体とのコンタクトがしばらくとだえても、セト＝アポフィスの意識にそって動けます」

「そこから推察できるのは」ローダンが応じた。「《ソル》船内のすべての超ヴィールスが、そういう種類ということ」

「違います！」声はほとんど抗議のように響いた。「この一万は、ヴァルンハーゲル・

ギンスト宙域から《ソル》が運んだ数百万のうちの精鋭です。ほかのものがポジトロン機器に影響するだけなのに対し、これらは人類の制御のために用いられています」

「推測だ！」耳をそばだてていたローダンは、反論した。

「ええ。しかし、根拠は充分にあります」

ローダンの意識に、ある考えが浮かんだ。かれはこれまで、ゲシールが《ソル》にもどったのは、捕まって超ヴィールスとはなされるのがいやだったからだと思い、それをまったく疑っていなかった。《ソル》船内の膨大なスプーディを使って攻撃にうつる可能性など、考えもしなかった。いまになって思えば、それ以上考えるのをやめてしまったのは、あまりに愚直だった。ゲシールにはスプーディの追っ手から逃れ、テラの好きな場所でうまくかくれる能力がある。それだけの理由では《ソル》にもどる必要がなかっただろう。ほかに動機があったのだ。遠征船にはりめぐらされたコンピュータ・ネットワークに存在する無数のスプーディには、セト＝アポフィスの考えにそって働くためにゲシールが必要だと思う潜在力があった。セネカはやはり未知の超越知性体の影響下にあるため、そのさい、ゲシールを助けてしまうだろう。精神的・感情的混乱のなか、なんという危険を完全に見逃していたのだろうか！

「そこから考えると」ローダンはキウープにいった。「ゲシールはのこりの超ヴィールスを組みたてて武器のようなものにしているのだな。この状況で、彼女をどの程度まで阻止できるか……」

ヴィールス研究者は最後まで話させず、あわてて口をはさんだ。

「彼女はやりとげられません。特殊能力をそなえたスプーディが、いまはないのですから！　われわれが乗員からとりさりました」

意識に浮かんでいた考えがはっきりした輪郭をとった。

「べつの言葉でいえば、ゲシールは《ソル》船内のスプーディだけではなにもできないということか？　そしてこれらのスプーディは、部分的再建されたヴィールス・インペリウムの一部なのだな？」

「そうです」キウープが保証した。

そこから議論がつづいた。対話相手にいまはカルフェシュとジェン・サリクもくわわり、ますます活発にアイデアや計画が展開していき、すぐに戦略を練った。課題は、ふたつの問題を一撃で解決することだ。主要な責任はキウープに割りあてられたが、このヴィールス研究者はまったく問題にしていないようだった。すでにこの計画にともなう危険に飛びこむ心がまえはできているらしい。

会話が終わると、ペリー・ローダンは仲間ふたりのほうを向いた。その目に満足そうな表情が浮かぶのはしばらくぶりのことだった。

「友よ。なにがなされるべきか、ようやくわかったと思う」

4

アトランにとってひとつ、やっかいな点があった。かつてはこの町をすみずみまで知りつくしていた。かくれ場、小道、交通網も完全に頭にはいっていた。しかし、四百年の時をへて都市計画は発展をとげ、過去の知識は意味がなくなっている。地図映像で位置を確認するため、たびたび休憩をさしはさむことになった。

数時間くつろげる宿が必要だった。ひろい風呂と清潔なベッドがほしい。思わず知らずに、旧市街の中心方向に向かっていた。そこなら自分の知識もいくらかは役だつだろう。

持っているのは四十ギャラクス弱のコインと、必要な場合に手形払いのできるIDプレートだけ。

大切なのはコインだ。IDプレートは、ほかの手立てがどうしてもない場合にしか使えない。自分を追う者のうちどれだけが、プレートでの取引を制御するコンピュータに接近できるかわからない。

パイプ軌道で旧市街の中心近くに向かう。さまざまな場所から乗りこんでくる通行人の姿がしだいにみすぼらしくなり、地下駅は時代遅れの汚いものになっていた。新暦の五世紀になっても、二千年以上前からのよく知られた法則があてはまる。ある程度以上の大都市は、その処理能力をこえた課題や問題とともに発展するというものだ。この法則はテラニアにもあてはまっていた。宇宙ハンザという、全個人納税者のうちもっとも財政豊かな重要人物たちの公的機関があるにもかかわらずだ。

周囲で増していく不潔さを、アトランは気にしなかった。IDスキャナーの通知がもはやなくなり、満足していた。追っ手を振りきって、さしあたり安全だ。あすはカルデクの盾をかくし場所からとりだすために帰らなくてはならず、状況は一変するだろうが。

かつての第三勢力の時代、とある細い通りに絵にかいたようなホテルがあった。その麗しい名は〝一万の悦楽の宿〟といい、アトランはそこをよく知っていた。そのホテルには中国料理のレストランがある。ラール人に侵略される前は、満州王朝時代のほんものの中国料理を提供する唯一の店だった。値段は法外だ……合成食糧の時代には当然のこと。ホテルもレストランも所有者はフェン・リャン＝リーという年老いた中国人だった。かれは辮髪《べんぱつ》もふくめて満州の流行にのっとった服装をして、従業員とは標準中国語で話していた。

通りはまだあった。日暮れが近づいている。いくつかの浮遊発光プレートが輝きはじめたが、そのほかは点灯しない。照明は暗かったが、間口のせまい古いホテルがなんなく見つかった。しかも、いまなお〝一万の悦楽の宿〟という名ではないか！

幅のせまい階段を三段あがると、目の前できしむような音をたててドアが開いた。旧式の家具がならぶ、せまいロビーにはいる。二十世紀はじめからあるようなカウンターのうしろに人影があった。それを見て、アルコン人は思わず息がとまりそうになった。

「フェン・リャン＝リー？」意志に反して言葉がもれる。

エキゾティックな服装をした男がちいさな黒い目を光らせ、

「お迎えできて光栄です、大切なお客様」と、インターコスモで話した。「フェン・リャン＝リーは、わが先祖の由緒ある名前です。わたしがこの地で所有しているものは、すべてかれのおかげです。とうにほかの先祖のもとに旅立ちました」かすかな不審の表情が、まぎれもないモンゴル系の顔に浮かぶ。「フェン・リャン＝リーをご存じなのですか？」

〈こういう失敗をまたやらかすのか〉と、付帯脳がとがめる。〈使命をすぐに途中で放棄してしまうのか！〉

「われわれの惑星では、かれは伝説の男といわれている」アトランはあわてて答えた。

「数世代前、われわれは特使をテラへ送った。特使がもどったとき、あなたの先祖のレストランで出た食事のことを夢中になって話し、写真も持って帰った。だから、あなたを見て混乱してしまったのだ」

　カウンターの奥の男はおじぎをした。豪華な刺繍がほどこされた合成繊維のガウンを着ている。袖は長めで、なんなく両手がかくれていた。まるい頭にはシルクハットふうの平たい帽子が載っている。赤い飾りボタンがひとつついているのは、満州の高位の役人だという印だ。帽子の下からは……本当に辮髪がのびていた！

「どうぞ、よろこんでお迎えします」男は威厳に満ちたようすでいった。「わたしの名前はフェン・バオ＝ディン。なんなりとお申しつけを。宿をお望みでしたら、このホテルで最高の部屋をご用意しましょう。お食事でしたら、ごちそうを提供いたします……ほかではもはや食べられないようなものです」

　アトランは楽しくなり、フェン・バオ＝ディンをためしてみることにした。ここでいまもなお、過ぎ去った時代の貴重な食事があるなどということが可能だろうか？

「フオトゥイ・ダン・チャオファン？」アトランは、食事のプランをまとめはじめた。

　辮髪の男は電気ショックをうけたかのようだった。目を大きく見開いている。

「ハムに……卵に、炒めたライス」つかえながら、やっと話す。「はい、かしこまりました、お客様」

「バオ・ヨウ・ツァイ・シン？」

　目がさらに数ミリメートル大きく開く。ガウンの太い袖の下にある両手が震えはじめた。

「貝に……ハ、ハクサイ！　かしこまりました、はい、お客様」

「ムー・シュー・ロウ？」

中国人の自制心はほぼ限界だった。

「ムー……」と、つかえながら、うなずく。

「ユーチー・タン？」

「フカ……フカヒレのスープ……はい、はい……」

アトランは相手を休ませない。

「リャンバン・ヤオ・ビアン？」

男は放心状態でうなずく。

「締めくくりは、バー・バオ・ファン？」

このときカウンターの板が高くあがり、辮髪の中国人は奥から飛びだしてきた。両手をひろげて感激し、アルコン人に抱きつかんばかりだったが、最後の一瞬、経験豊かな客人の前で見せるべき尊厳を思いだしたらしい。突然、動きをとめて、深々とおじぎをすると、興奮して震える声で話しはじめた。

「お客様のように異国風のかたが、わが先祖の食事をこれほど知りつくしていることなど、これまで体験したことがありません。友と呼ばせていただければ、たいへん光栄ですが、よろしいでしょうか。あなたが欲するものはすべてご用意しましょう。あなたはわたしの友なのですから、お代はいりません」

＊

こうしてノスタルジーに圧倒されたアトランは、満州の皇帝時代にもどったような幸福な夜にひたることになった。フェン・バオ＝ディンは、約束を守った。アトランが望むものがすべて出される。さらに追加もあり、さまざまな食事はどれも一級だった。すでに忘れたと思っていたやり方で、アルコン人は美食にふけった。満腹になり、濃厚なオレンジ・ワインでしばし心配ごとから解放されて、皇后の女官の居間のような部屋に引きあげると、深夜になっていた。保安対策をひととおりすませ、五時間後に起こすようにたのんでベッドにはいった。

暗闇につつまれて目がさめたときは、決めた時間のうち、せいぜい三分の一しか過ぎていないような感覚をおぼえた。立ちあがり、照明をつけるはずのサーボ・メカニズムを呼ぶ。しかし、フェン・バオ＝ディンを信頼したのが間違いで、女官の居間に音響サーボはなかった。いつもよりぎごちなくベッドからおりると、両手で探りながら闇のなかを進み、照明のスイッチを探した。このとき、暗闇から、骨の髄まで染みとおりそうな甲高く鋭い音が響いた。バランスが失われるのを感じる。危険が迫っていると本能が告げた。音と超音波を特殊な方法でミックスして発する機器があるのは知っている。内耳の平衡感覚機能を完全にだめにするのだ。ベッドにもどり、この恐れを回避しようとしたが、遅すぎた。前方に倒れ、頭をかたい物体に打ちつけ、一秒か二秒、意識を失った。

光が輝いた……休む前にセットした警報装置だ。頭をあげると、まわりの世界がはげしく輪舞している。アトランはとほうにくれた。色鮮やかな服は椅子にひろげてある。そのわきにパラライザーが二挺《ちょう》あった……自分のと、ヴォルガーと名乗ったスプリンガーから奪ったものだ。一センチメートルずつ床をはって、右手をのばして銃をとろうとした。しかし、平衡感覚がないせいで気分が悪く、目の前の光景がかすむ。色とりどりの強烈な光が見えた。乾いた大きな音をたてて、ドアがはじけとぶ。ぼんやり光る出入口に、人間ふたりのシルエットが浮かんだ。

「急げ！」と、命令が響く。「もうすぐこの建物全体が危険になるぞ」

知っている声だ。しかし、その印象だけではなにもできない。苦痛がはげしすぎる。脳のなかのどこかでヒューズがとんだように失神し、あたりが暗闇につつまれた。

＊

アトランは寒気《さむけ》を感じた。真っ暗だ。からだに触れて、未知の敵によって発見されたときのまま、下着姿で運ばれたようだとたしかめる。何度か小声をだして、その反響から、ほとんど家具のない小部屋にいるとわかった。動くと、かさついた音がする。安いプラスティック生地の敷き物に寝かされているようだ。

しずかに寝たまま、こんな状況におちいることになった経過を思いだそうとする。頭のなかで耳鳴りのような音が響いた。急激な不快感がおさまれば、起きあがって周囲を確認できるだろう。

このみじめな状況の原因は、ひとえに自身のせいだ。注意をおこたっていた。スプリンガー三名を振りきり、ごちそうを前にしたことで、ぼんやりした幸福感につつまれ、本能が鈍った。根本的な誤りは、フェン・バオ＝ディンがその先祖と似ていて、感激してしまったことだ。フェン・リャン＝リーの名前が口をついて出たとき、正体を悟られたのだろう。当時、ラール人の侵略をうける前の時代、アトランは〝一万の悦楽の宿〟の上客だった。あの時代の記憶も写真もきっとまだある。正真正銘の標準中国語でメニューをならべたてたとき、完全に正体をさらしていた。今日《こんにち》、あの言語をだれが使いこなせるだろう？　辺境のさびれた植民惑星からきた旅人だなどと称したとき、どれだけ滑稽に聞こえただろうか！

フェン・バオ＝ディンがどんな役割をはたしていたのかは不明だが、辮髪の男を悪者と考えるのは気が進まない。ほかに可能性があるだろうか？　きっとある。フェンとの会話をだれかに聞かれていたかもしれない。あるいは、フェンが従業員に話した可能性もある。いずれにしても、フェン・リャン＝リーを記憶し、完璧な中国語を話す男を、アルコン人のアトランだと確認するのは容易だった。こうして事態は動いたのだ。

就寝前におこなった通常の保安対策は、かなりいいかげんだった。そもそも、だれかがふたつの閉まったドアをぬけ、控えの間を通り自分を排除しにくるかもしれないとは、一度も考えなかったのだ。しかし、まさにそれが起きてしまった。恐ろしい音響プロジェクターによって平衡感覚を奪われ、非力にされた。その後、侵入者たちは、アトランが作動させた警報装置など気にする必要はなかった。ただ、周囲で騒ぎが起きる前に逃げだすことだけに集中したのだ。

そのとき、自分が聞いた声を思いだした。

〝急げ！　もうすぐこの建物が危険になるぞ〟

失神したあと、かれらは自分をかつぎ、大急ぎで立ち去った。全員で何名だったのだろう。ふたりいるのは確認した。しかし、声は控えの間から響いた。おそらく、すくなくともさらにふたり、通廊で見張りをしていただろう。

あの声！　どこで聞き知ったのだろう？　以前に聞いたことがあるのは、たしかだ。思いは《ソル》にもどる。《ソル》乗員が大勢で自分を追っていたということはありうるだろうか？　かれらが自分を探していた可能性はきわめて高いと考えられる。すくなくともゲシールは、カルデクの盾を獲得するため自分がゲイドナードに飛んだことを知っている。しかし、乗員たちがこれほど自分を荒っぽくあつかうだろうか？　自分がスプーディをはずされ、もはやセト＝アポフィスの影響をうけていないと知っているのか？　頭を悩ませたが、どこで声を聞いたのか、思いだせない。

とうとう立ちあがり、暗闇のなか、せまい牢獄の調査をはじめた。触れた壁は冷たく滑らかな鋳物製だ。全体をまわると、周囲は合計十メートル……縦三メートル、横二メートルの四角形の部屋だった。どこにも隙間はありそうにない。ドアもなさそうだ。天井に触れようとしたが、筋肉をつっぱってもジャンプしても、とどかない高さだった。最後に床を調べた。絶望がこみあげる。どれだけ意識を失っていたのかわからないのだ。クロノグラフは奪われていた。最後通牒が切れるまで、あとどのくらいだろうか？　ポルレイターの脅迫を帳消しにするチャンスはもうないのか？

寝台のわきで冷たい床にひざまずき、かたく滑らかな面に触れる。このとき、ひっかくような音が聞こえた。まぶしい光が目を射る。なにがおこなわれているか見えなかったが、ドアが見つからない理由はわかった。部屋前方のせまい壁全体がドアだったのだ。

5

「われわれ、決定的な攻撃の準備にはいります」カネス＝ニタグ＝ワアルの声が、コミュニケーターの受信機から響いた。

「そろそろ時間だ」ラフサテル＝コロ＝ソスが深刻に応じる。「のこるは四分の三日」

「すでに時刻を定めたのですか？」ニタグがたずねた。

「それを知るのはわたしのみだ。ある象徴的な意味がなくてはならない。日没とする。深淵の騎士の両名と、かれらの種族の希望がついえる意味において、まさに日が沈むときだからだ。現地時間の十八時だ」

「それでは充分、余裕がありますね」ニタグがいった。

「盾のかくし場所はわかっているのか？」

「いえ。しかし、ちょうどそれをかくした者を支配下におこうとしているところです」

「テラナーか？」

「情報提供者はそういっています」

「信用できるといいが」

「カルデク・オーラを使った尋問をクリアしました。かれの誠実さを疑う理由はありません」

「では、まだなにを待っている？」コロがたずねる。

「慎重にことにあたらなくてはなりません。たんに拘束したら、かれはかくし場所を明かすことを拒否するでしょう。饒舌《じょうぜつ》にさせる薬剤もありますが、その持続時間は不明。危険を感じる状況にかれをおとしいれ、われわれがそこから救いだします」

「われわれが？」

「わたし自身は、うしろにさがっています。情報提供者の友がいて、かれらが手を貸す準備をしています」

ラフサテル＝コロ＝ソスは不快感をおぼえた。問題が複雑すぎる。しかし、この展開にこれほど遅く介入しても無意味だ。カネス＝ニタグ＝ワアルの好きなようにさせなくてはならない。

「すべて計画どおりに進むように注意しておけ」と、警告する。

かれは短い休憩時間をとることにした。テラナーが〝スタンディングチェア〟と呼ぶ家具は、おもに頑丈な土台からななめにのびる一枚板でできている。半分の位置と四分の三の位置にへこみがあり、そこにコロが前方の両脚と腕をかけると、頑丈なうしろ脚にかかるのは体重の一部だけとなり、ほかの手足はこれで完全に休められた。上体はなかばまで背中の甲皮にひっこめ、ゆっくり考える時間をつくる。

あと数分で新しい一日がはじまり、十八時間後には最後通牒の期限が切れる。偶然にゆだねるわけにはいかない。期限内に盗人がカルデクの盾を自発的に返却するのを、あらゆる状況下で阻止しなくてはならない。そうなったら、コロは深淵の騎士の両名を無罪にするように迫られるだろう。

そうした展開を阻止するもっとも確実な方法は、盾をみずからとりもどすことだ。自発的な返還という条件が満たされなければ、計画どおり進められる。

かれはコスモクラートの任務をはたしていた。力強き者が物質の泉の彼岸で構想した巨大な計画に対して、個々の関心はあきらめなくてはならない……それが一種族に関わるものだろうと、あるいは深淵の騎士二名に関わるものだろうと。コスモクラートの計画に関する場合、倫理的な配慮などない。ただ任務があるのみなのだ。

そう信じこんでいたが、うしろめたさは消えなかった。コスモクラートからなにか聞けていれば、気分はよくなっただろう。だが、物質の泉の彼岸は沈黙につつまれている。なぜだ?

軽く音が響き、耳をすました。

「なんだ?」ひろい部屋の暗がりに向かって問いかける。

「ペリー・ローダンとカルフェシュという生物が、重要な用件で面会をもとめています」ロボットの声がポルレイターの言語で伝えた。

ラフサテル＝コロ＝ソスはスタンディングチェアをすこしうしろに倒し、両脚と腕をへこみからはずすと、からだを起こして通常の姿勢になり、いった。

「ここに通すがいい」

＊

部屋には、客人にすわる場所として提供できるような設備はなかったが、ラフサテル＝コロ＝ソスはほとんど気にしなかった。形式的な儀礼には関心がないのだ……ペリー・ローダンが報告をはじめると、まもなく椅子がないことなど完全に忘れてしまった。

驚きを深めながら、コロはテラナーの話を聞く。二百万年以上も使われないままだった、奇妙なかたちのアンドロイドの体内にある脳が、意識に生気をあたえた……活発な働きを展開させて新しい状況を把握するためだけではなく、それどころか、なぜテラナーが失敗を告白するためここにきたのか、その理由を理解しようとして。

「きみたちは、この問題をこれほど長く秘密にしてきたというわけか」コロはいった。喉袋が嘲笑するような音をたてる。「自力では解決できないと、きみたちのうちもっともおろかな者でもわかるようになるまで？」

「実際の展開を理解するのは、傲慢なあなたにとってはむずかしいだろうとわかっている」ペリー・ローダンは冷静に応じた。「問題はほとんどが解決された。われわれ、変性した超ヴィールスから《ソル》の全乗員を解放した。残念ながら、数名は死亡にいたったが。のこるのは、《ソル》船内にたてこもった一女性だけだ……彼女に対しては、あなたがたもなにもできない。わたしは状況を説明するためにここにきた。いやみを聞きにきたわけではない」

「きみたちは無力をさらしたのだ！」コロはいきりたった。「深淵の騎士がふたりだけでコスモクラートの任務を実行しようとした結果、危険な超ヴィールスを故郷惑星から遠ざけることに失敗した。セト＝アポフィスはテラに橋頭堡《きょうとうほ》を築いていたのだ！　きみたちが自力だけにたよっていたら、敵はいまごろとっくに、この銀河の主要惑星を手中にしていただろう」

「超ヴィールスが持ちこまれることはポルレイターでも阻止できなかったと、断言しよう」ペリー・ローダンはそっけなく反論した。

「それについては、われわれは知らなかったのだ！」

「まさにわれわれと同じように」テラナーは異議をうけつけなかった。「《ソル》乗員が原因で生まれる危険の解決に、あなたたちの助けは不要だ。もはやセト＝アポフィスが元来の計画を実行する可能性はない。まだのこる唯一の脅威は、《ソル》にいる女がひきおこしている。船を爆破すると脅迫しているのだ。それに対しては、あなたがたもなにもできないだろう」

「その言葉をいうのは、二度めだな」コロが立腹する。「いずれわかる。乗員の頭から手術でとりだした超ヴィールスはどこにある？」

「処分した。われわれには、危険すぎる」

「なんとおろかな！　そこから情報を得られたのに……セト＝アポフィスがどう動いているか、なにを計画しているか……」

「さらに数百万が、《ソル》船内にある」ローダンが思いださせる。

「しかし、それにはわれわれは手を出せない。そうだろう？」コロは耳ざわりな音をたてて、カルフェシュをさししめした。「なぜ、この者を連れてきた？」

「わたしがたのんだ」ローダンのかわりにソルゴル人が答える。「コスモクラートの任務をはたしていると信じこんでいる者と話したかったのだ」

「信じこむ、だと？」コロがいきりたつ。

「信じこむ、だ」カルフェシュがやさしい、ひきこまれそうな声でくりかえした。「分別は、コスモクラートが任務委託者に要求する、もっとも重要な資質のひとつだ。分別ある者は、自身は完全で他者は不完全だとはいわない」

コロはこの大きな青い目をした異人の言葉に怒りをかきたてられたが、気持ちをおさえた。

「行け!」無愛想にいう。「テラナー……待機するのだ。われわれが船に侵入するさい、たしかな情報が必要だ」

「警告しておくぞ!」ローダンがはげしく抗議した。「もし、その女が脅迫を実行したら……」

「彼女にそんなチャンスはないだろう」ポルレイターはローダンの言葉をさえぎっていった。

*

レジナルド・ブルは緊張した面持ちで、はいってきた者たちをじっと見つめ、

「コロは話をのみましたか?」と、たずねた。

「餌《えさ》のついた釣り針をな」ローダンが答える。その顔にかすかに笑みがよぎった。

ブルはソルゴル人に問いかけるような視線を送った。

「これはわたしの印象だが」と、カルフェシュ。「関心をひくことはできたと思う。かれは超ヴィールスをほしがっている。しかし、なにより、ポルレイターの実力をテラナーにしめしたいのだ」

「《ソル》を爆破するというゲシールの脅迫を知っているので?」

「われわれから伝えた。攻撃する前に、該当の会話の記録が見たいというだろう」ローダンは安堵の息をついて、シートにすわりこんだ。「セネカがゲシールと結託していると、はっきりいった。それでもかれは《ソル》への侵入をかたく決意している」

「おろか者だな」カルフェシュがいった。「ゲシールの脅迫を恐れるにたりないものと信じている。ポルレイターが彼女の行動を監視するのはいいことだ」

レジナルド・ブルは額をぬぐった。不安そうだ。

「キウープの仮説が信用できるといいが」と、嘆息する。

「わたしは心配していない」ローダンが応じた。「ゲシールは、《ソル》船内でひとりではスプーディを使ってなにもできないと、とっくにわかっている。そこにあるスプーディから使える道具をつくるには、キウープが《ソル》乗員から手術でとりだした超ヴィールスが必要だ。ところで、キウープからなにか報告は?」

「計画どおり、かれは移動しました」レジナルド・ブルがいう。「〝秘密の〟ラボへね。それについて知る者は多いから、抜け目のなさで有名なラフサテル＝コロ＝ソスが情報を得るまで、一時間もかからんでしょう」

「キウープのヴィールスを処分したというわれわれの話を、信じさせることはできなかった」カルフェシュがあらためて口にした。

「信じるはずがない」ローダンがにやりとする。「ゲシールがどこに姿をくらましたか、結局は見当をつけるしかないな。ほかの準備はどうなっている？」

「万全です」と、ブル。「緊急会議を招集します。あのポルレイターがあなたやジェン・サリクになにかもとめたら、あなたがたをラジオカムごしに一定時間、かれの意のままにさせます」ブルは軽く笑った。「われわれが完成させたホログラムをいくつか見るといいでしょう。最高級ですから！」

しばらく詳細について討議し、ジェン・サリクの帰りを待った。サリクは、計画の弱点を可能なかぎり、コンピュータ・シミュレーションで見つけるという課題にとりくんでいるのだ。緊張が高まる。《ソル》に対する攻撃を開始するというラフサテル＝コロ＝ソスの通達が、いつ実行されてもおかしくない。ジェン・サリクのシミュレーションが成功しなければ、ポルレイターが《ソル》への攻撃をはじめたとたん、深淵の騎士両名が失脚に追いこまれることも予見された。

現地時間で〇時半、ジェン・サリクがとうとうあらわれた。会釈すると、説明をはじめる。

「計画に問題はありません。ポルレイターは数がすくなく、われわれを徹底的に捜索する可能性はないでしょう。こちらがテラを去るつもりだと考えて、ポルレイターはやみくもに小型でも大型でも宇宙船をしばらく監視するだろうと、コンピュータは算出しました。われわれのかくれ場は、二百日後も六十七パーセントの確率で発見されることはありません。もっとも、その後はゆっくり危機が迫るでしょう。全コミュニケーション網で監視して、しだいに近づいてきます。より長く姿をくらましていたければ、しばらく外界とのコミュニケーションをすべて放棄しなくてはなりません」

ローダンはうなずいた。これこそ待ち望んだ結果だった。

「われわれがいなくなった場合、ポルレイターはどう反応するとシミュレーションでは出ている？」ローダンはたずねた。

「ラフサテル＝コロ＝ソスはまず、われわれの逃亡が臆病に起因するものとして、深淵の騎士を名乗る権利はないという結果を導きだします。ポルレイターは自由テラナー連盟と宇宙ハンザに対する支配力をさらに強め、これまでよりもネーサンがかれらのゲームに参加するように集中してとりくむでしょう。ハンザとLFTの指導部に対する報復は恐れることはありません」

かれはローダンをじっと見つめ、

「ちなみに、その報復についてですが」と、いった。「あなたたちはこの数分間、ニュースに注意していなかったでしょう。いかがですか？」

ローダンがかぶりを振るのを見ると、かれは話をつづけた。

「コロは本当の計画をうっかり洩らしました。〇時十八分、テラ・ニュースなどさまざまな報道局が、最後通牒の期限はきょうの十八時と考えられると情報を流したのです。

その時刻が過ぎたら、このハンザ司令部ですぐにも執行されると」

「執行だと」ローダンは憤慨しながら哄笑《こうしょう》した。「なにを執行するというのだ？」

「いまのは報道局が用いた言葉です」ジェン・サリクが答える。「かれらは詳細までは知りません。ラフサテル＝コロ＝ソスの言葉を次のように引用しています。〝無能な深淵の騎士の両名が、宇宙的発展を決定するさいの重要な発言権を要求した。この茶番に、これでけりがつく〟と」

ローダンは勢いよく立ちあがった。憤《いきどお》り、辛辣《しんらつ》な言葉を発しかけたが、口にする前に軽く音が響き、ロボットの声がした。

「ラフサテル＝コロ＝ソスが、ペリー・ローダンと話したいそうです」

ローダンがレジナルド・ブルに問いかけるような視線を向けると、ブルはうなずく。この部屋はポルレイターには知られていない。監視できないよう、何重にも守られている。このように会合で使われることも、権利のない者はまったく知らないはずだ。ブルがうなずいたということは、充分な防御処置がほどこされている。スクリーンにうつるラフサテル＝コロ＝ソスは、どこかべつの場所にいるのだろう。

「うけよう」ローダンはいった。

ヴィデオ・スクリーンが光り、コロの大きな頭があらわれる。

「すでに準備はととのった」コロはいった。「ポルレイター四十名を連れて宇宙船に攻撃をはじめる。きみが船内の女とかわした会話に関する情報が必要だ」

「拒否されることはないだろう」ローダンが応じる。「司令部の担当部署に通信をつなぐといい。《ソル》の現況に関するものをすべて見られるように指示してある」

コロの円になっている目が光った。

「ご親切なことだ。もっと難癖をつけられるかと思っていた」

「なんのために？」ローダンは断念したようにいった。「あなたの計画のじゃまはできない。われわれの側からは、損傷をなるべくすくなくするため、できるだけのことをする」

「まだ、その女が脅迫を実行すると信じているのか？」ポルレイターが皮肉にたずねた。

「そうだ。宇宙港の一帯は撤退させている。宇宙港セクターに隣接する都市周辺部も同様だ。わたしと話したいようであれば、〇時五十分からは、危機対策本部の特別会議に出ている」

ラフサテル＝コロ＝ソスは応答不要と考えたようで、スクリーンが暗くなった。ローダンは一瞬、黙ったままぼんやりしていたが、振りかえり、

「用意はできた」と、きびしい口調でいった。「ジェン……出発だ」

6

超ヴィールスが増大するようすは、マシンのように見える……まるで、だれかが巨大昆虫を手本につくりあげたロボットのようだ。それをキウープは熟知していたが、それでも、未知の設計者が仕上げた製品の完璧なかたちとその優雅さを見ると、くりかえし畏怖の念をおぼえた。スプーディ体の構成要素をつないでいる継ぎ目のきわめて繊細な線に目をとめる。超ヴィールスを分解すれば、およそ八千……正確にいえば八千百九十二……の構成要素からなり、キウープはそれをヴィールス複合体と名づけた。これらはさらに分解が可能で、その分解された産物もさらに……とつづき、最後にはひとつの超ヴィールスから、数兆のそれ以上分解できない要素に分かれる。それをテラナーはウイルスすなわちヴィールスと呼ぶが、キウープは母語を使って〝無限小のマシン〟というような意味の名をつけていた。

かれは分解と逆の道をたどり、ヴィールスからスプーディをつくりあげた……惑星ロクヴォルトで。ヴィールス・インペリウムの、ちいさいがきわめて重要な構成要素をよみがえらせた。それがコスモクラートからあたえられた任務だった。困難は大きかったが、やりとげたのだ。コスモクラートの代理人がロクヴォルトにあらわれ、超ヴィールスの集合体を運び去ったとき、キウープの勝利の瞬間が訪れた。

この記憶をキウープは追いはらった。考えごとをしてむだにする時間はない。決断の時が迫っている。目の前の投影装置のスクリーンにうつる超ヴィールスは、自分がつくったものではない。《ソル》乗員の頭から手術でとりだしたものだ。新しいラボにうつってから数時間、ずっとこのヴィールスに綿密にとりくんでいる。

映像に集中する。キウープのすぐれた集中力は、テラナーたちには、なにかにとりつかれているように見えた。視野はせばまり、超ヴィールスの銀色に輝く輪郭しか見えていない。目はそこに吸いつき、脳は活動が遅くなり、すべての思考が停止しているようだ。スクリーンにうつる奇妙なメカニズムと一体化しているのか。キウープは緊張して自身のなかの声に耳をすます。すぐに、もとめていた結果が生まれた。

共振作用だ。自身の意識の一部と、超ヴィールスから発する影響が、同じ振動で動いている。それはポジティヴな共振で、実験は上首尾だった。セト＝アポフィスのプログラミング変更によって生じた超ヴィールスの変性を無効化したのだ。スクリーンにうつるスプーディは、キウープがロクヴォルトで合成した超ヴィールスとなんら違いはない。悪の超越知性体の影響から解放された、ポジティヴなスプーディだった。

しかし……耳をすましていると、共振の響きがしだいに弱まっていく。そのときキウープは、不協和音、かすかな不一致に気づいた。

驚かなかった。すでに数千回もこれを経験している。細心の注意をはらって理想的な条件で合成したスプーディでさえも、このかすかな不協和音をしめすのだ。キウープはこれを〝ヴィシュナ成分〟と名づけた。この名称が、コスモクラートの任務をはたすための知識とともにゆだねられたことは、わかっている。そこからなにを想像すべきかは、わからない。しかし、それが正しい名称だということに疑いはなかった。つまり、ヴィシュナ成分のせいで実験がうまくいかないのだ。

嘆息しながら、投影装置のスイッチを切った。もっと時間があれば、《ソル》乗員の頭からとりのぞいた超ヴィールスのすべてをセト＝アポフィスの影響から解放できるかもしれない。方法はわかっている。しかし、ほかのことにとりくまなくてはならない。ヴィールス研究者としてひとりでコスモクラートの任務に専念し、ひたすら超ヴィールスにとりくんできた数年間は過ぎ去った。事態は発展し、自分の運命はより大きな出来ごとの枠に組みこまれている。自分はもはや、たんなるコスモクラートの従者ではない。ペリー・ローダンの友であり、超越知性体セト＝アポフィスとヴィシュナ成分の敵、人類の助け手なのだ……

なにもうつっていない投影装置のスクリーンを見つめてささやく。

「彼女が追ってくる。おまえたちを支配下におさめようとして。見つかってはならない」

＊

ペリー・ローダンとのとりきめでキウープが滞在する秘密のラボは、テラニア中心部の新しい区域にある商業ビルの十五階から十九階を占めていた。十五階と十九階は空室で、ほかの住民たちに対する緩衝地帯となっている。ラボは、おもてむきの賃借者である宇宙ハンザによって設置された。この数カ月は使われないままだったが、偶然のなりゆきから、ここにキウープの研究のために必要な器具の大部分を置くことになった。重要な役割をはたす器具ではないし、かれはここで長くは働かないだろうが、外から見て不審な点があってはならない。

十七階には、市内外の五つの異なる目的地を設定できる小型転送ステーションがある。キウープにとり、転送機は特別な意味があった。ペリー・ローダンのために関わってきた事態がどういう結果になるかわからない。つねに転送機のそばにいるように気をつけていた。そうすれば、不都合な展開になったら逃走できる。

転送ケージのサイドにとりつけた小型ボックスを調べ、ポジトロン起爆装置が、左手首の関節につけたインパルス発信機経由で問題なく作動することを確認した。あわてて逃げる必要に迫られた場合、追っ手がいないと知るのは有利になる。この爆弾カプセルを使えば、ケージを破壊し、付近の窓の数枚を外に吹き飛ばすのに充分だ。しかし、まず重要なのは、周囲の者が爆発に気づき、当局に通達すること。そのときにはすでに、ポルレイターは《ソル》船内にだれもいないことを知り、爆発と、ここに転送機があったという状況を考えはじめるだろう。ここにきて見てまわれば、ラボでスプーディの実験をしていたことが知られる……ひょっとして、さらにいくつかのことを発見するかもしれない。転送機の最終目的地を確認するには、一時間かそれ以上かかる。要するに、ペリー・ローダンとジェン・サリクが跡形なく姿を消すには充分な時間だ。

周囲を見まわした。転送機は、八十メートル四方の大きな部屋の一角の、仕切られた場所にある。部屋の中央には、たいらなテーブルがふたつ、床にしっかり固定されている。片方の上には《ソル》乗員のスプーディが一万弱はいった容器があり、隣りには、超ヴィールスを詳細に調査するためにキウープがつくりあげた実験装置があった。壁の二面には、さまざまな機器が置かれた棚がある。転送機の向かい側からスロープが出ており、バルコニーに似た上方のはりだし部につづいている。そこは容器の保管場所となっていた。

キウープは超ヴィールスのはいったシリンダー容器をつかみ、スロープをあがっていった。保管用キャビネットの透明扉をひとつ開けて、なかに容器を押しこむ。スロープをおりてもどると、ほとんどの場所からそれが見えるのをたしかめた。投影装置のプレートの上にのこしておいたスプーディ一匹には注意をはらわない。かわりに、超ヴィールスをセト＝アポフィスの影響から解放するために使った装置にとりかかった。慎重にことを進め、スイッチが問題なく作動することをたしかめた。

クロノメーターを見ると、真夜中をこえてすでに二時間半がたっていた。ドアのわきの壁に、小型コミュニケーション機器が設置されている。一報道局のチャンネルを選ぶ。《ソル》の輪郭をかなり遠方からうつす映像があらわれた。アナウンサーのコメントが聞こえてくる。

「……自由テラナー連盟政府による防衛処置は、いまのところむだだったようです。ポルレイター四十名の一グループが、代表ラフサテル＝コロ＝ソスの指揮のもと、一時間以上前から伝説の遠征船内にいます。侵入したポルレイターと通信はつながりませんが、作戦はどうやら計画どおり進んでいるらしく、船内の者による《ソル》爆破の脅迫はまだ実行されていません。《ソル》のフィールド・バリアは四十分前から解除されており、そこからすると……」

スイッチを切った。計画どおりだ。あとはただ待てばいい……

異意識が接近していることが明らかになり、キウープはからだをこわばらせた。

ペリー・ローダンの計画に参加すると承諾の意思表示をしてからはじめて、キウープは真剣に考えることになった。謎に満ちたエネルギーを使い、無限小のマシンに説明できない親近感をいだく者……その異存在にふたたび会いたいという思いにつきうごかされる。今回は、自分自身で条件を決めた。自分の課題に関係あるものすべてを知りたいという、研究者らしい好奇心につきうごかされる。

脱出口のない罠におびきよせられる可能性はあるだろうか？　異存在の意識に内在する強いヴィシュナ成分を感じる……コペンハーゲンのチボリ公園で夜に遭遇したときや、あとになってハンザ司令部で出会ったときよりも、かなり強く感じた。ここで比類のないエネルギーに直面しているのを、痛いほどはっきり感じる。

逃げだしたいという思いが意識をかすめたが、すぐにはねつけた。この異存在は、準備を完全にするにあたって欠けていた一万のスプーディを自分のものにするためにやってきたのだ。それは阻止しなくてはならない。セト＝アポフィスが《ソル》に載せて銀河系へ送りこんだ超ヴィールスの複合体が、権限のない者の手に落ちるのを許してはならない。この任務を助けてくれる者はいない。ひとりでやらなければ。たとえ生命がかかることになっても、危険を回避する権利はない。

＊

部屋の長辺にそって置かれた機器類の棚のあいだにかがみこむ。セト＝アポフィスの影響をうけた超ヴィールスをもとにもどしたスイッチは、すぐ右側にある。腰のホルスターにつけたブラスターにこっそり手をやった。

聞き耳をたてた。異意識の振動が下の部屋からやってくる。十六階には倉庫室が複数あり、ほとんどが空だ。どんな方法で異存在が《ソル》からここに移動してきたか、わからない。テレポーテーションの才能があるのか？　無制限に動ける力を持っているのか？

風景が乱れた。ぼんやりと、もうひとつのインパルス成分を感じた……変性した超ヴィールスが発していたものと似ている。そこに集中している時間はもはやない。ヴィシュナ振動が接近している。キウープはかくれ場に這ってもどった。

ドアが開いた。そこに女が、尊大な態度で直立していた。はじめて出会ったときには、まだスリマヴォと思っていた女が。

ゲシール、謎めいた存在だ。

＊

彼女の目に暗い炎が燃えあがっているのに気づいた……テラナーがいう〝黒の炎〟だ。テラの男たちは、神秘的な女の謎めいた視線に、なすすべもなく犠牲となる。だが、コスモクラートの従者であるキウープには、この視線は異なる作用をおよぼした。暗い灼熱の炎から発する危険を感じる。宇宙における秩序の勢力の側に立つすべてに対して向けられた、致命的な脅迫を。キウープは感じた。自分の意識が悪の不気味なオーラに叛乱を起こしているのを、自分のなかにはげしい怒りがわいてくるのを、慎重さという掟をすべて忘れんばかりなのを……

ゲシールがはいってきて、ドアが背後で閉まった。部屋を見まわし、ふたつのテーブルの片方に実験装置があるのに目をとめている。視線は上に動いていき、保管用キャビネットの透明扉ごしに、超ヴィールスのはいった容器があるのに気づいた。悪意に満ちた光が視線にあらわれ、一瞬、暗い炎を押しのけた。決然とスロープのほうに向きを変え、あがっていく……

キウープはスイッチをいれた。かすかな音が響き、スプーディをセト＝アポフィスの有害な影響から解放したプロジェクターが動きはじめた。ゲシールは動きをとめた。スロープのなかばで立ちどまり、奇妙な音の発生源をたしかめるように振りかえる。

異様な変化が彼女に生じ、調和のとれた顔だちが崩れた。口は大きく開き、唇は薄く色のない線となり、額にしわが刻まれた。目は眼窩(がんか)から飛びだし、不気味な怒りの光をはなつ。大きな口から、うなるような叫び声がもれる。ゲシールは、棚のあいだにいるキウープを見つけた。

ゲシールの歩みはマシンのようで、ゆがんだ顔は醜かった。声には女らしさのかけらもない。罵倒の言葉が唇からあふれでる。ぐらつきながらスロープをおり、重い足どりで部屋を横切り、キウープに向かう。腕を高くかかげ、両手を鉤爪のように前にのばす。

キウープは立ちあがり、大声でいった。

「とまれ!」

ゲシールの顔から、人間らしさはなくなっていた。大きく広げた口はグロテスクで、唇も動かない。

キウープはわきによけた。

ゲシールの意識のなかで、不気味な戦いがくりひろげられていた。キウープが作動させた装置がゲシールの頭皮下のスプーディに作用し、セト＝アポフィスの呪縛から解放させようとしている。重い足どりでヴィールス研究者に向かってくるのは、もはやゲシールではない……未知の影響力に惑わされている生き物だ。

それが両手を振りおろし、キウープをつかもうとする。キウープは身を縮め、すばやく動き、命を奪う手から逃れた。ゲシールが勢いよく向きを変える。キウープはわきからゲシールに飛びかかった。かれの指のあいだで、小型ヴァイブレーション・ナイフの刃が光る。フェイントをかけると、女はだまされて防御体勢をとった。この瞬間、キウープはゲシールの頭をつかんでひきよせた。すばやく小型ナイフを刺す。黒髪の束が床

に落ちた。キュープは頭皮に切れこみをいれ、ナイフを敏捷に動かした。銀色のちいさ

な有機体が見えると、慣れた手つきでわきにはじきとばした。

とてつもない一撃が、ヴィールス研究者の胸に命中した。キュープはうしろに飛ばさ

れ、棚に激突した。強く殴られたせいで、息ができない。気絶しかけながら、必死に身

をかばおうとする。しかし、立ちあがろうとしても、足がいうことをきかない。

ゲシールが前かがみになった。こちらに飛びかかろうとしている。キュープはわきに

ころがろうとしたが、もはや力がのこっていない。終わりだ、という思いがよぎる。

このとき、ゲシールの口からうめき声がもれた。折り曲げた腕が震えはじめ、両手が

力なく垂れさがった。ふらついてわきに一歩踏みだし、そこで倒れた。不自然にゆがん

だ姿勢で、床にころがっている。

キュープは咳きこみ、立ちあがった。ぐらつきながら、動かなくなったゲシールの上

にかがみこみ、驚き疑うように観察した。数秒のあいだ、寛大な運命のおかげで最悪な

事態を迎えるぎりぎりの瞬間に守られたのを、認識しようとする。

床にひっくりかえった銀色のスプーディを見ると、そこまでなんとか歩いていき、も

がいている物体をしっかり踏みつぶした。きしむような音がし、わきへよけてみると、

靴底の下にグレイのちいさな塵の山ができていた。これまでキュープは見たことがなか

ったが、このような力学的な暴力の影響をうけて、超ヴィールスが機能を失い、数万個

の顕微鏡サイズの破片に変わったのだ。明晰な思考力がゆっくりもどってきて、自分の任務を思いだした。一刻もむだにはできない。一秒ごとが貴重だ。部屋を横切り、スロープをあがっていった。

＊

スプーディのはいった容器を片手に、キュープは転送機に踏みいった。妨害をうけずに輝くエネルギー・フィールドをぬけて、この道のりの反対側で待ちうける安全な場所へ逃れるのだ。阻止するものはなにもはない……ゲシールがラボにはいってくる前に感じた、混乱したメンタル・インパルスの記憶以外は。

ためらって振りむき、突然、すべきことを悟った。動かないゲシールのからだを疑り深く見つめながら、ドアの方向に向かう。外のちいさい控えの間から、反重力シャフト三基が、ラボ施設のほかの階につづいている。その一基の下方向のシャフトに跳びこんだ。スプーディの容器をしっかり手に持ち、十六階におりていく。そのあいだに思考力はかなり明晰になり、この数分間の出来ごとに対する釈明をやめることができた。

本来の計画は失敗に終わった。本当は実験装置の中和ビームを使い、ゲシールのスプーディを麻痺させ、敵を混乱させる予定だったのだ。しかし、そういう展開にはならなかった。超ヴィールスと搬送体のあいだに特別に強い共生関係があったにちがいない。

それが、小型マシンにビームから身を守る力をあたえたのだ。スプーディはセト＝アポフィスの呪縛から解放されるどころか、おのれのプログラミングをはじめて自覚して、搬送体が全力で敵と戦うようにしむけたのだ。

あと一歩で命を奪われるところだった。スプーディがゲシールの頭皮からはなれてやっと、局面が一変した。精神に過度な負担をかける共生関係が崩壊したため、ゲシールは虚脱状態におちいっている。自分の生存本能が無事だったことで、キウープはよろこんだ。あと数秒でもためらっていたら、いまごろ、命はなかっただろう。

シャフトを出ると、長い通廊だった。左右にドアがならんでいる。キウープは次々とドアを開けていき、空の倉庫室で探していたものを発見した。

部屋の中央、床からてのひらをいくつか重ねたほどの高さに、超ヴィールスの大きな集合体が浮いている。銀色に輝く無数の構造物が、渦を描いて動きつづけている。キウープは一瞬、驚いて立ちどまった。ゲシールはどれだけ力を費《つい》やして、《ソル》の広大なコンピュータ・ネットワークじゅうに巣食ったスプーディを集め、ここに持ってきたのだろう。人間をこえた能力が要求される任務に思える。一方、彼女が追求していた計画はより明確になった。欠けている超ヴィールスがこのラボで見つかるとわかっていたので、この場で数百万の塊りと一体化させるつもりだったのだ。

キウープは突然、なにをすべきかわかった。球状の集合体に近づき、のこりの一万の超ヴィールスがはいった容器を開ける。容器の口を下に向けてひっくりかえし、スプーディを落とした。スプーディはすぐに集合体とひとつになった。

容器を無造作にわきにほうりなげると、キウープは出入口のそばまでもどった。

「彼女が追ってくる」と、以前と同じようにささやく。「おまえたちを支配下におさめようとして。見つかってはならない」

脳の命令に逆らいたいかのようにゆっくりと、ブラスターのグリップをつかんだ。武器がホルスターから滑りでる。銃身を水平に振りあげた。指が発射ボタンに沈んだ。こうしてキウープは、十五分前には不可能だと思っていた行動を開始した。

スプーディの大きな集合体に向けて、ブラスターを休むことなく撃ちつづける。ヴィールス・メカニズムの集積した群れは、とうとう悪臭をはなつ煙となり、空調装置にゆっくり吸いこまれていった。

復讐の女神におびえるように、キウープは十七階にもどった。ゲシールは先ほどのようにからだをまるめてはおらず、仰向けになって寝ていた。その顔に影響があらわれはじめていた。険しい表情はゆるみ、見た目にもやわらかで均整のとれたラインがあらわれた。まもなくふたたび、男性テラナーが救いようもなくその魅力にとらわれてしまう状態になるだろう。

キウープはゲシールをかかえあげ、ラボの大きなふたつのテーブルのひとつに横たえると、転送ケージにはいった。転送機を作動させ、戦いのもっとも記憶にのこるシーンをあとにする前に、インパルス発信機を使い、小型爆弾カプセルを起爆させた。

7

ラフサテル＝コロ＝ソスのスクリーンにうつった若いテラナーはわき腹に手をやり、機器をとりだした。ポルレイターはトランスレーターだと認識した。テラナーは仰々しくそれを自身の前に置くと、顔をあげていった。

「いまの発言をくりかえしてください。理解できなかったので」

インターコスモで話された言葉が強者の言語になって、まちがいなくコロの自前のトランスレーターから出てくる。しかし、こちらは一方向にしか通訳せず、相手に向かっては働かない。というのも、ラフサテル＝コロ＝ソスは、緊急の場合でないかぎりテラナーにかれらの言葉で話しかけるのは、沽券《こけん》にかかわると考えたからだった。

テラナーの無頓着な態度に、コロはわずかしか怒りを感じなかった。自分と同胞たちがこの世界でほとんど歓迎されていないことをあらゆる機会に感じさせられ、慣れていたのだ。嫌悪は精神的に劣った者が見せる典型的な反応だ。しかし、今回は急いでいる。この男に知らせを伝えたいのだ。

「ペリー・ローダンと話をしたい」自分の希望をくりかえした。「しかも一刻も早く」

「ペリー・ローダンは危機対策本部の会議中でして……」

「わかっている」コロは話をさえぎった。「ラジオカム端末を持っていってもらえないか」

若いテラナーは困ったようなしぐさをし、立ちあがると、スクリーンの撮影範囲から消えた。一分が過ぎた。スクリーンが何度か点滅し、画面に妨害波のとぎれとぎれの線がはしり、くりかえしスイッチが切り替えられ、そのたびに背景から声が聞こえたが、ようやくローダンの映像があらわれた。

「そちらの通信技術は、両騎士の主張と同レベルだな」ラフサテル＝コロ＝ソスは皮肉をいった。

「危機対策本部の会議中に呼びだされるなどということは、ほとんど起こらないものでね」ローダンは微笑して応じた。「切り替えプログラムに、その用意ができていなかった。あなたにはだいじな用件があるようだが」

「遠征船は無人だった」コロは力をこめていった。「船を爆破するといった頭のおかしな女もいなければ、叛乱を起こしたポジトロニクスも、超ヴィールスもなかった」

「ありえない！」ローダンは、かっとなっていいかえした。

「戯言《ざれごと》はやめろ！」と、ポルレイター。「わたしはその場にいて、この目で見たのだ。

きみたちの警告は根拠がなく、防衛処置も不要だった。これが深淵の騎士の両名のことの進め方なら、真剣に話は聞けない」

　ローダンは肩をすくめた……どうでもいいというしぐさだ。ラフサテル＝コロ＝ソスは短いあいだに、このしぐさを嫌悪するようになっていた。

「間違いをおかさない者はいない」テラナーはいった。「こういう結果になり、まぎれもなくよかった。あなたはなんの話をしようとしていたのだったかな？」

　ポルレイターはうろたえる寸前だった。怒りをぶちまけたかったが、最後の瞬間にこらえた。

「そういうことか、ペリー・ローダン」答えには、ほとんどあからさまな侮蔑がこもっている。「また間違いをおかしたのだな。最後通牒の結果には理由があるわけだ」

「それはあなたの意見だ、ラフサテル＝コロ＝ソス」ローダンは軽くいった。「その考えはわたしには変えられない。しかし、べつのことはできる。本当に重要な問題にとりくもう」

　次の瞬間、スクリーンは消えた。ラフサテル＝コロ＝ソスは、テラナーに衝撃をあたえるのに成功したことに満足していた。数分後、最後までテラの遠征船内にいたポルレイター十名から報告をうけた。捜索は終了し、疑わしいものはなにも見つからなかったということだった。

「自分の持ち場にもどれ」コロは命じた。「テラナーがこれから船になにかするかもしれない」

この件は実際は、外見からうかがえるほど、どうでもいいことなどではなかった。まだ信じられないが、テラナーは、船を爆破すると脅した女が《ソル》にいるという話をでっちあげたのだ。きっと、自分が聞いたゲシールという女とペリー・ローダンとの録音会話は、捏造《ねつぞう》されたものだろう。しかし、そんな嘘をついて、どんな利点があるのだろうか。テラナーはなにか期待していないかぎり、捏造などしない。かれらのトリックを見ぬけないのが腹だたしい。

このときコミュニケーターが音をたてて、コロは跳びあがった。周囲で起きるすべてに油断なく聞き耳をたてることを任務とする同種族の者からで、町の外郭で爆発が起きたという報告だった。

「必要な証拠書類すべてを閲覧しました」と、通信相手。「爆発は建物の五階層にわたって生じました。賃借人は宇宙ハンザと登録されています。建物の使用目的はわかっていませんが、存在が秘密にされている多数のラボのひとつだと思われます」

「ありうるな」コロはそう応じたが、いくらかこじつけの結論のように感じていた。

「われわれの計測機器の決定的な記録をたしかめたのですが」几帳面《きちょうめん》な男はつづけた。

「爆発が起きたのと同じ場所で数秒前、わずかに転送機が作動しました」

コロは耳をそばだてた。心のなかで通信相手に謝罪する。これはたしかに手がかりだ。

「ごくろう。その件を調べてみる」

そういって数分後、四名を連れて爆発地点に向かった。

＊

東の水平線にあらたな夜明けを告げるかすかな光があらわれた。ラフサテル＝コロ＝ソスはそれに気づかなかった。昨夜の出来ごとで悩みつづけ、それらを結びつけ、意味を見いだそうとしていた。

自分たちは《ソル》に侵入した……テラ船のエネルギー・バリアの意味を失わせるカルデクの盾を使って。船内では謎の女も、ペリー・ローダンの証言によれば広大なコンピュータ・システム網の内部を動きまわっているはずの超ヴィールス数百万のシュプールもなかった。そのあとすぐ、不審な爆発と転送機の作動という手がかりにつづいて、宇宙ハンザの秘密ラボを発見したのである。次のものが見つかった。
一、投影装置のテーブル上にあった一匹の超ヴィールス。
二、別の超ヴィールスが壊されて粉々になったもの。
三、ヒューマノイド二名による戦闘のシュプール。

四、破壊された転送機の残骸。
五、大量の超ヴィールスが熱核反応ビームの影響をうけて蒸発するときに生じた、ガス状物質のシュプール。

ラフサテル＝コロ＝ソスが、謎めいた超ヴィールスの存在についてはじめて聞いてから、六時間もたっていない。自分が知っていることは……あるいは知っていると思っていたことは……信用する理由のほとんどないある人物の証言にもとづいている。ペリー・ローダンだ。ローダンの話が真実であれば、超ヴィールスは敵の超越知性体セト＝アポフィスの道具ということ。共生者としてあらわれ、好んでテラナーの頭皮下にはいり、体液を摂取するかわりに、セト＝アポフィスによってコントロールされる思考力を付加するらしい。超ヴィールスはおそらく、破壊されたヴィールス・インペリウムの微細パーツだ。

いったい、なにが起きた？　超ヴィールスの数百万の大群は、本当に最初《ソル》船内にあったのだろうか？　その後、なんらかの方法で秘密ラボに到達した……《ソル》を爆破すると脅した謎の女によって運ばれた可能性があるか？　その女と、ラボのまだ不明の住民とのあいだに戦いがあり、そのとき超ヴィールスは破壊されたのか？　ふたりのうちの片方が、転送機を使ってラボをはなれ、そのさい、シュプールを消し去るために転送機を破壊したのか？

思考の連鎖のどこかに、論理的な間違いがあることはわかっていた。前提とした推定のひとつが誤っているのだ。嘘をつかれた。ほかに説明はつかない。怒りがこみあげる。あざむこうとしてもむだだと、テラナーはまだわからないのか？　カルデクの盾のヒュプノ暗示作用にはどんな嘘も打ち勝てないのに？　コロは、かれらに自分の力をくりかえし説明しなくてはならないことに疲れを感じていた。

銀色のベルトの表面に触れ、はさみのかたちをした指先を、色とりどりに光るコンタクト・スイッチの上を一定の順序ですべらせた。鈍い淡紅色のオーラが生じて、コロをつつんだ。さらにスイッチを押して、次の瞬間、消えた……非実体化して、ハンザ司令部へ向かったのだ。

司令部の者は、コロを追いはらおうとした。ペリー・ローダンは依然として危機対策本部の会議中で、ジェン・サリクも同様だという。インターカム経由で話をしましょうか？　そんないいのがれをしばらく聞かされるうち、コロは怒りにつつまれ、大胆な行動に出た。会議室に実体化する。そこではペリー・ローダンの側近のひとり、レジナルド・ブルが準備していた。唖然としたブルが気づいたときにはすでに、コロがすばやく拡張させた淡紅色のカルデク・オーラの内側にとりこまれていた。

「いくつか質問がある。信頼できる回答がほしい」ポルレイターはいった。

レジナルド・ブルはうながすように見つめ、

「いってみろ」と、強者の言語でいった。メンタル安定人間にはなにも起きないとわかっている。

「ペリー・ローダンはどこだ？」

「知らない」

「ジェン・サリクは？」

「それも知らない」

「最後通牒は、あと十一時間弱で切れる。わたしが刑を宣告するとき、ローダンとサリクはそこに居あわせるか？」

「いや」

「逃げだしたのか？」

「安全な場所に身をかくした」

「だが、きみは、ふたりの居場所を知らないのだろう？」

「そうだ」

「だれが知っている？」

「コンピュータの一基が」

「どの？」

「それは知らない」

さらに十ほどの質問がつづき、ラフサテル＝コロ＝ソスは状況を把握した。深淵の騎士の両名は、刑罰をまぬがれるため逃走したのだ。逃亡計画は、ハンザ司令部の自律コンピュータによって作成された。レジナルド・ブルは、どのマシンがそれを実行したか知らない。

だまされたのだ。このような展開を考えておくべきだった。しかし、昨夜の混乱で、その時間がなかった。ポルレイターの記憶バンクを徹底的に調査させるのは、たしかに可能だろう。しかし、ポルレイターの同胞以外で、安心してデータの選別をまかせられる者がいるか？　同胞以外に信用できる者はいない。コロは、ハンザ司令部で使用されている自律コンピュータの数を百以上と見積もった。その方法で行方をくらました者たちを発見できる見こみは、ほぼゼロだ。

コロはレジナルド・ブルをカルデク・オーラの影響範囲から解放した。怒りは感じず、せいぜい挫折感を味わうだけだった。こちらの目標追求を妨害することは、かれらにはできない。しかし、原始的な方法で何度もじゃまされ、最終的な勝利の瞬間が先にひきのばされるだろう。

8

ふたりの男のシルエットが見えた。中型ブラスターを腕にかかえ、銃身を向けてきた。

「いっしょにこい！」ひとりが無愛想に命じる。

アトランは動きだした。目が明るさに慣れた。ふたりのわきを通りすぎながら、じっと見つめた。知らないふたりだ。外見と衣服は、近よりたくない人間の範疇《はんちゅう》にはいる。こうした武器類に熟練しているようなあつかい方をして、貫くような冷たい目つきだ。

窓のない殺風景《さっぷうけい》な通廊は、赤く光る鋼鉄製のドアで行きどまりになっていた。ドアは自動で開いた。アトランが敷居をこえると、そこは家具がふたつしかない部屋だった。奇妙なかたちの椅子と、デスクだ。天板は複雑な制御盤につくりかえられている。

「そこにすわれ！」と、命令される。

気は進まなかったが、椅子に腰をおろした。座面に触れると、甲高い音が響いた。上昇する熱の影響をうけたように、空気が揺らめきはじめる。アトランは動こうとしたが、その力を奪われたことがわかった。椅子から発するエネルギー・フィールドに捕らえられたのだ。ひとりは制御卓のうしろにはいり、もうひとりの男はドア付近に立ったままでいる。その男がいった。

「手短かにやろう。カルデクの盾がある場所を知っているだろう。それをいうのだ」

「いわなかったら？」アトランはたずねた。

からだに電気ショックがはしった。抵抗しようとしたが、椅子にしっかり固定されている。はげしい痛みに、うめき声をあげた。

ドアロの男は敵意に満ちた笑みを浮かべて、

「いっただろう、友よ。われわれには時間がない。あと五分で返事をもらえないと、意味がない。あんたの盾をほかにも大勢が追いかけているんだ」

アトランは必死に考えた。どんな可能性がのこっている？　嘘のかくし場所をいうこともできる。しかし、自分もいっしょに連れていかれ、そこで盾を発見できなければ、命をとられるだろう。ともかく時間を稼がなくては……

二度めの電気ショックは、さらにはげしかった。肺から絞りだされるように悲鳴がもれる。目の前が暗くなり、暗闇に炎が輪になってまわりはじめ、火花を散らした。

「それで……」ドアロの男がいう。

「ガルナルの町の境界だ」アルコン人があえぐ。「ある家に……」

「住所をいえ！」

「なんのために？　どちらにしてもわたしを連れていくのだろう」

「そのとおりだ」制御卓のうしろの男がいった。しかし、ドアロの仲間は容赦なかった。

「住所だ！」あらためて要求する。

「ラスバリー・モールだ」アトランは答えた。「番地はない。ただ建物の名前だけだ。倉庫だらけで、ほとんど空だ」

「その地域は知っている」ドアロの男は満足そうにいい、「その話は確実か？」アトランがうなずくと、男はつづけた。「われわれをかつぐつもりなら、すぐに最期の祈りを唱えさせてやるぞ」

アルコン人は黙っていた。ドアロの男は仲間に合図した。揺らめくバリアが消え、アトランは立ちあがった。嘘はついていない。かくし場所はラスバリー・モールにある。しかし、倉庫の敷地はひろい。なんなく時間を稼げるだろう。ふたりがドアの両側に立つと、ドアが勢いよく開いた。

それからの展開はあまりに急激で、あとになってアトランは状況をなかなか思いだせなかった。

「防御！」と、だれかが叫ぶ。

響きわたった声には説得力があり、アトランは本能的にしたがった。床に身を伏せ、すばやく拷問椅子の下に身をひそめる。ブラスターのうなり音が鼓膜を震わせた。瓦礫《がれき》の破片が雨のごとく床に降りそそぎ、甲高い叫び声がする。二度めの発射音が響き、灼熱の爆風がアトランの上を吹きすさぶ。

つづいて部屋はしずまり、ただ、熱した瓦礫がきしむ音と、パラライザーの音だけとなった。低い声がした。

「終わったな。おい……そこのあんた！　立て！」

アトランはからだを起こした。椅子の背もたれごしに三人の男が見えた。すぐにはわからなかったが、そのうちのひとりは、この季節にしては滑稽なほど薄い、淡黄色のリンネルの服を着ている。この服には見おぼえがあった。

三名は、とっくに振りきったと思っていたスプリンガーだった。

＊

「おまえたちか？」驚いてたずねる。

三名は同時にうなずいた。機械室で話した男が……ヴォルガーという名前だと、アトランは思い出した……急いで説明した。

「警告しただろう、あんたは追われていると。これで信用してもらえるか？」

「ことによりけりだ」アトランはゆっくりいった。

周囲を見まわす。壁にはブラスターによる黒く醜い傷痕がのこっていた。アトランをここに連れてきた地下世界の住人ふたりは、気絶して倒れている。

「時間がない」黄色い服の男がせかした……なんという名前だったか？　サスピルだ。

「こいつらは、ふたりだけではない。助手がいる。ここにとどまりつづければ、それだけ……」

「おまえたちはなにを計画しているのだ？」アトランは話をさえぎってたずねた。

これまでひと言も話さなかった男……ナクトという名だ……が、親しげににやりとしていった。

「われわれの望みはヴォルガーが話した。われわれ、あわれなスプリンガーで、次のおまんまをどこから調達したらいいかもわからない。あんたとカルデクの盾を本来の場所に連れていった者には莫大な報酬が出る。われわれに興味があるのは、そこだ。あんたの状況はわかっている。地下世界の全員が追っているんだぞ。公けの場に出たら、命は一秒ももたない。われわれは、あんたを守るつもりだ。有り金はたいて、どんな追っ手からも逃れられる乗り物を買った。われわれの望みはただ、盾をかくし場所から出し、報奨をもらえる場所まであんたを連れていくこと」

「しかもいちばん早い方法で」サスピルがつけくわえる。「ここは安全ではないからな」

アトランはうなずいた。このスプリンガー三名をまるで信頼したわけではない。しかし、危険な状況から解放してもらった恩義はある。

「いま、何時だ？」と、たずねる。

「四時半だ」と、サスピル。

「服が必要だ……」

「すべて持ってきた」

ま、いい。この者たちをガルナルへ連れていこう。途中で、かれらがどれだけ正直なのか知る機会はあるだろう。

「行こう」アトランはいった。

＊

その居酒屋は、一流と呼べる店ではなかった。しかし、それぞれの客の流儀にあわせて食事を出すことを心得ていた。トプシダーは、ほかの者の目にさらされながら食事や飲み物をとるのを嫌悪する。ロアルク＝ケールは、スイングドアで閉ざされたちいさなおちつける場所で、慎重に五杯めのザンボアンガをちびちび飲んでいた。テラナーのいいぐさでは、ハチミツとニシンと硫酸が混ざったような味がする飲み物だ。

スイングドアが振動するのが見えたが、ロアルク＝ケールは気にしなかった。突然テーブルが動き、向かいのベンチに黒い肌の小男があらわれたときでさえ、反応は冷静だった。ザンボアンガのせいで、ある種の鈍重さと、堂々とした態度が必要だという感覚が生まれていたのだ。

「あんたを招待したかね？」と、たずねる。

「いや」小男は愉快そうに答えた。「その逆だ。わたしがここにきたのは、きみを招待するためだ」

「ほう！」と、ロアルク＝ケール。「理由もなく？」

「いや、理由もなくというわけではない。わたしは友を探していて、きみの助けが必要なんだ」

「友とは？　名前はわかるか？」

「アトランだ」小男は答えた。

ロアルク＝ケールはたくましい爬虫類の尾を支えにからだを起こした。テーブルが震える。四杯半のザンボアンガの作用がこれほど急激に消え去ったのは驚異的だった。ただし、ほんものの興奮剤が使用されていた場合の話だが。

「失せろ！」トプシダーはあえぎながらいった。「なんの話をしているのか、まるでわからない」

小男は動じず、ロアルク＝ケールを見あげた。

「嘘をつくな、ワニ生物。わたしはヌガジュ、バンブティ族の最後の末裔だ。きみがわたしの助けになるとわかっていなければ、ここにはこなかっただろう。恐れることはない。その反対で、わたしを助けてくれれば、これから一生、ザンボアンガの次の一杯の支払いに困ることはない」

ロアルク＝ケールはベンチに腰をおろした。

「なにを知りたい？」と、嘆息する。

「アトランは危機におちいっている。かれを悩ませているのは、カルデクの盾を追う者たちだ。あちこちで聞いてみたが、きみは、かれをとらえた者の一名だったな。いまの瞬間、アルコン人がどこにいるかは、きみにはたずねない。わたしが探しているのは、ケルク・ガッディク……」

「あいつは、ずらかった」ロアルク＝ケールがしわがれ声で話の腰を折った。「どこかの秘密組織にくわわったと聞いた」

「ジョンソン・マディラ」小男がつづける。

「居場所は知らない」トプシダーは、人間のように困惑したしぐさを見せた。「まだ近くにいたら、噂を聞いているだろう」

「マグ＝ウォルトのアジム」

ロアルク＝ケールの黄色い目に奇妙な光が宿った。

「そいつはいる」と、しわがれた声で答える。「自分の居場所が知られるのをいやがり、かくれているのだ。だが、このあたりにいることは知っている」

「よし。わたしに必要なのはその男だ。アジムのところに案内してくれないか？」

トプシダーは目をしばたたかせた。まぶたはなく、目の上に、カメラのシャッターのような透明な角質の膜があるだけだが。

「なぜ、わたしがそんなことを？」

「第一に、義理の問題だ」ヌガジュはあらたまっていった。「第二に、わたしの計画が成功したら、きみには生活水準をきわめて豊かにする報酬がころがりこむ。きみの財政状況はわかっている、ロアルク＝ケール。次の食事さえ、どうして手にいれたらいいか、わかっていないだろう」

「義理など、どうでもいい」と、トプシダーは軽蔑するような身振りを見せてうなる。「しかし、報酬の話は気にいった。それで、保証は？」

小男は急に真剣な顔になった。からだがちいさいにもかかわらず、約束の実行も脅迫も同じだというような印象を感じさせた。

「なにもない。信用しろ。わたしがきみを信用するのと同様に。ただひとつ約束しよう。わたしをだましたら、きみにはもうあとがないぞ！」

9

曙光《しよこう》が窓からさしこみ、空中に光の線ができ、床には黄色い環が描きだされた。十一月二十五日がはじまった。この日、ポルレイターの意志により、深淵の騎士二名に代表される人類は、カルデクの盾窃盗の罪により罰せられる。

ペリー・ローダンは軽いうたた寝から目をさました。立ちあがり、周囲を見まわす。居心地よくしつらえられた宿所だ。逃亡者が不便なく快適にすごせるように配慮されている。転送機のあるちいさな部屋のドアは開いていた。機器に動きは見られない。これから五、六時間のうちに、自動的にスイッチがはいるだろう。正確な逃亡計画を知る唯一の存在である一コンピュータのインパルスによって、目ざめる。そのときが脱出のタイミング……不確実なものへ向から旅の次の段階へ踏みだす瞬間だ。計画では、逃亡者は不規則に宿所を変更することになっている。それ以上は知らない。次の変更の時刻も、宿所の位置も、ローダンにはなにもわからなかった。

立ちあがり、大きな壁かけ鏡にうつる自分の姿をじっと見つめた。変装は完璧だ。すこしむくんだ、そばかすだらけの大きな顔は、暮らしを楽しみ、多大な精神的苦しみを避ける男のように見える。肥満ぎみで、わずかに扁平足でよたよた歩く。想像力をかきあつめても、この精神的に軽率な享楽主義者のうしろにペリー・ローダンがいると考える者は、だれもいないだろう。

通信装置のスイッチをいれ、この数時間にとどいた報告を読んだ。ヌガジュからはまだなにもない。ラフサテル＝コロ＝ソスは、深淵の騎士の逃亡を知った。ポルレイターの公式な反応は不明だが、朝のうちにわかるだろう。キウープについてはシュプールはなく、ゲシールも……

ゲシール！　この名前が引き金となり、意識のなかに苦痛をともなうイメージが浮かんだ。最後にメタセリディンを注射してから半日以上がたつ。薬の作用は弱まっていた。細胞活性装置があるためだ。多めの注射ストックを持ってくることは、意識的にやめていた。だがいま、この決定が賢明だったかどうか、怪しみはじめている。ゲシールに焦《こ》がれていた。彼女の居場所をだれも知らないことが不安をかきたてる……一方、ポルレイターの追跡から彼女が逃れられたことは、うれしくもあった。

隣室から大きなあくびの声が、絶え間なく聞こえる。ローダンはにやりとした。数分でジェン・サリクがドアロにあらわれ、いらいらと朝食の準備についてたずねるだろう。ローダンはキッチンに行き、食糧自動供給装置を使うための指示を確認すると、ふたりぶんの軽い食事の用意にとりかかった。

「調理時間は三分です」マシンがいう。

窓から外を眺めた。銀色の薄い霧が町にかかっている。かれは自問した。これからどうする、ペリー・ローダン？　ポルレイターから永遠に逃げつづけることはできない。どれだけ時間があれば、宇宙ハンザの広報機構が世論をたきつけ、ポルレイターがその脅迫をもはや実行できなくなるだろうか。二日……あるいは三日？　しかし、テラ世論に対するラフサテル＝コロ＝ソスの感受性を過大評価しているとしたら、どうなるだろう？　いや、それはほとんど考えられない。ポルレイターの立場は微妙だ……銀河系全体で一兆にのぼる数の住民がいるなかで、二千十名なのだから。コロは妨げになる問題を自覚している。そうでなくてもあつかいにくい状況を、自分からさらに悪化させることはしないだろう。世論がペリー・ローダンとジェン・サリクの恩赦を強くもとめたら、その要求を無視できないと思われる。

できるだけ早くそれが起こることが重要だ。LFT、宇宙ハンザ、GAVÖK種族の全体で巨大艦隊を編成し、セト＝アポフィスの補助種族を襲うという、ラフサテル＝コロ＝ソスのばかげた計画を、ポルレイターたちは強硬に推している。こんな計画はけっして実行されてはならない。そうでないと、異質な超越知性体との戦いに、はじまる前から敗北することになる。

思考はあちこちめぐった。ダルゲーテン二名はどうなっただろうか？　サグス＝レトとケルマ＝ジョ……ふたりは大地にのみこまれた。あのように並はずれた大きい姿の二名が、これほどシュプールものこさず消えてしまったとは想像しにくい。

マシンが笛のような音でメロディを奏で、食事の準備が完了したと告げた。ローダンはトレイふたつをテーブルに置いた。寝ぼけたような、それでも楽しそうな声が、ドアから聞こえてくる。

「ふーむ！　淹《い》れたてのコーヒーのあらがいがたい香りだ……」

ローダンはジェン・サリクを見て、明るい笑い声をたてた。マスク製造者はこの赤ら顔の男を、風刺画に出てくるとぼけた教授のように仕立てていた。グレイの髪が顔にかかり、うなじまで垂れさがっている。光るコンタクトレンズが近視の目にはまっていた。頰はこけ、顔色は不健康に黄ばんでいる。前かがみの肩に、くぼんだ胸郭……思わず同情をかきたてる姿だ。

「さ、すわれ。力つきて倒れる前に食べろ」ローダンは笑った。「まったくみじめな姿だ！」

＊

この瞬間、通信装置が甲高い音をたてて、報告がはいった。

「アトランが危機。ヌガジュと緊急に会合されたし。方法は次のとおり……」

つづく四行のテキストに、時間と場所、会合の方法が詳細に記されていた。この報告は、コンピュータによる逃亡計画からの逸脱を意味する。ローダンとサリクは、ヌガジュと会ったあとはいまの宿所にもどるようにと指示をうけた。危険な状況にいるアトランを助けるためにべつの方面からすべきことについては、報告がなかった。

ふたりが四分待つと、通信装置からまた報告があった。

「ソラトア・ガ・キキ。トュジガヌ・ニウュキンキ・シタレサウゴイカ……」

ローダンはスイッチを切っていった。

「充分だ」

ふたりは権限のない者が傍受を試みることを考慮にいれなくてはならなかった。四分後に最初の文の文字を逆にしたメッセージが送られてきたら、その報告はほんものなのだ。原始的だが、まさに確実な方法だった。ポルレイターがこれを知るのは、的を絞った質問をした場合のみ……そうした質問が頭に浮かぶ可能性は、好都合なことにすくない。

サリクとローダンはふた手に分かれ、異なるルートで目的地に向かった。ふたりいっしょに逃亡するというのは、まちがいなくポルレイターが捜索で使う基準のひとつだろう。その捜索方法を無効にするため、人の目がある場所では可能なかぎり分かれて行動することにした。ローダンはタクシーに乗り、旧市街中心部のパイプ軌道ステーションに向かった。往来がはげしい早朝の地下商店街をあわただしく横切る。興奮した呼び声を聞き、驚いて物思いからわれに返った。ニュースを流す巨大スクリーンのひとつに押しよせる人々が見える。ローダンもそこにくわわり、読んでみた。

〝ポルレイター司令本部より、最終通達。

ラフサテル＝コロ＝ソスが設定した最後通牒の期限が本日の現地時間十八時に切れたあと、ハンザ司令部の第八中庭で、責任者ペリー・ローダンとジェン・サリクの処罰が執行される。ポルレイターの指示で、一般住民とマスコミは宇宙ハンザ施設への立ちいりを許される。

ラフサテル＝コロ＝ソスの証言により、責任者は一連の不服従およびポルレイターの計画を妨害した罰として、深淵の騎士の称号を剝奪される。この判決は、カルデク・サークルの協力で執行する。

ペリー・ローダンとジェン・サリクは昨夜、卑怯にも不可避のことがらからの逃避を試みた。かれらは目下、まだ自由の身だが、ポルレイターは最後通牒の期限までにかれらを捕らえると、ラフサテル＝コロ＝ソスは確信している〟

群衆は不平をいった。

「だれがポルレイターを裁判官にしたのだ？」と、ローダンのそばにいた男がうなる。

「かれらを失脚させるべきだったのよ！」女が叫ぶ。ローダンはパイプ軌道ステーションにおりる斜路に向かった。同胞たちの言葉にはげまされる。この者たちは自分の味方だ。宇宙ハンザの専門家たちが、最後通牒の不正な条件に反対する世論を煽動《せんどう》するのは、むずかしくないだろう。

カルデク・サークル！　それがなにをしめすのかわからないが、自分とジェン・サリクの騎士の資格を剝奪する力がポルレイターにあるのは疑ったことがない。どんな状況であれ、そんなことがあってはならないと、ローダンはこの瞬間、よりかたく決意した。

パイプ軌道列車は矢のような速度で北に向かった。モンゴルにあるダダルはかつての自治区で、太陽系帝国の時代まで長く自主性をたもちつづけていたが、首都テラニアの絶え間ない拡張政策にのみこまれた。いくつかの古い建物複合体は、現代の都市計画の締めつけから逃れ、NGZ五世紀の人類が〝古代末期〟と呼ぶ時代の建築物を体現している。広大な首都がある区域のなかで、ダダルはそれほど名高い場所ではない。古い建物や、拙速《せっそく》に築かれた現代の建築物が、住宅市場をつくりあげていた。テラニアのほかの地域よりもかなり安価で、たとえば高価な南の郊外に住む人々が関わりあいたくないような者をひきつけている。ダダルの東の境界はガルナルに接していて……その状況にペリー・ローダンは興味をひかれた。アトランとカルデクの盾の取引を望む恐喝者の知らせがとどいたのが、ガルナルだったからだ。

古くせまい町のはずれで、パイプ軌道ステーションから地表にもどった。赤いランプは、この道路に無線制御が整備されていないことへの注意をうながしている。ここを通る者は、自身の運転能力にたよらざるをえない。通りの両側の建物は、この惑星がまだアルコン人のことなど聞いたこともなかった時代のもので、史跡保護のもとにある。モンゴル人民共和国の建築家による、バラックに似たかたちの長くのびた平たい建物だ。それは市民がテントから、大量に建造されたしっかりした建物に移住することが重要だったころのものだった。

ローダンが歩みいった家は、空き家のように見えた。長いバラックをつなぐ通廊の床には埃《ほこり》が指ほどの厚さに積もり、足跡が刻まれた。ドアが開き、ヌガジュのちいさい姿があらわれる。ヌガジュは熱心にローダンに手を振った。

＊

ジェン・サリクはすでについていた。

「あなたがたがローダンとサリクにまちがいないと、わたしは信じなくてはなりませんね」ヌガジュがいった。「ほんのすこしも似ていませんが、それはともかくとして、この人けのない場所でわたしを見つけられる者がほかにいるでしょうか？」

「アトランはどうなった？」ローダンはせかした。

「奇妙な話でして。かれを捕らえたのは異人四名ですが、そのひとりがおじけづき、ほかの三名を抑えて、アトランを解放したのです。よりによってトプシダーが、です。そのトプシダー、ロアルク＝ケールは、解放の工作をしたあと、こっそり姿を消しました。それをわたしが発見し、奇妙な話の詳細を聞いたというわけです。かつての仲間が自分のしかけた罠に対して復讐にくるのではないかと恐れ、警戒していました。仲間のうちもっとも粗暴なのはケルク・ガッディクというエルトルス人ですが、ウェイデンバーンの組織にくわわるといって、この地を去ったようです。ジョンソン・マデイラというシガ星人も、跡形もなく姿を消しました。のこるのはただひとり、マグ＝ウォルトのアジムというアコン人です。腰ぬけのせいでりっぱな獲物を逃したのが明らかに残念なようで、事態をいかに好転させられるかと考えていました。この男が、アトランの向から先に見当をつけたのです。自身も人前に姿をさらしたくなかったから、助手を雇いました……かつて自分たち四名が住んだ家のそばで露店を経営していた、スプリンガー三名を。

こうして興味深いゲームがはじまりました。アトランはすぐに追っ手に気づき、三名を追いつめ、ひどく痛めつけます。三名は、自分たちはただ……報酬と関係なく……カルデクの盾を安全に目的地に運ぶ手助けをしたかったのだ、と話しますが、アトランは拒否します。それでも三名はアトランから目をはなさなかった。マグ＝ウォルトのアジムは、アルコン人の心を開くためには特別な刺激が必要だとわかっていました。泥棒ふたりにアトランを襲わせて、連行させたのです。ふたりが尋問していたさいに、ちょうど急を救う神のごとく……すくなくともアルコン人にはそう見えたでしょう……スプリンガー三名があらわれ、逃亡を助けた。この作戦によってアトランの不信感は霧散したと、アジムは思いました。アトランは三スプリンガーの援助の申し出に応じるだろうと。時間が迫っているので、かれにとってほかの選択肢はのこっていない。この瞬間、アトランはすでに三名とともに盾のかくし場所へ向かっています。

アトランは泥棒ふたりに、盾はラスバリー・モールの敷地にあると告げました。ふたりは当然アコン人に雇われていたから、三スプリンガーに撃たれたふりをしたあと、すぐにアジムに連絡をとったのです。

わたしは独自の人脈を使い、目だたず徹底的にラスバリー・モールを調査させました。アトランが本当の場所をいったか、わたしにはわかりませんが、わが情報提供者たちは盾はモールにかくしてあると確信しています。かれらは、モール内で歩哨に立っていたポルレイター六名を発見しました。アトランが捕まったら、最後通牒の期限が切れるまでひきとめておかれるでしょう。そうなったらポルレイターには、ローダンとサリクを解任する、よりいい口実ができるわけです」

ローダンは緊張して聞きいり、口をはさんで話の腰を折ることはしなかった。この状況で選択すべきいくつかの決断を認識するのはむずかしくない。選択の余地はそれほどない。まずは、なにもせずにアトランがポルレイターの手に落ちるにまかせること。そうなるとラフサテル＝コロ＝ソスは、ペリー・ローダンとジェン・サリクを捕まえしだい、騎士の資格を剝奪する罰を処する権利を得る。

あるいは、ポルレイターをだませるか試みること。アトランがポルレイターの干渉からうまく逃れられたら、カルデクの盾を手にいれ、〝自発的に〟ラフサテル＝コロ＝ソスにひきわたす、ごくわずかなチャンスが生まれる。しかし、どうしたらポルレイターをだませるだろうか？　かれらは盾がすでに手のとどく範囲にあると確信している。どんな方法を使えば、かれらの注意をそらしてカルデクの盾を忘れさせ、アルコン人が逃げるチャンスをつくれるだろう？

問いかけるようにジェン・サリクを見つめた。友はひと言も発しなかったが、自分と同じ思いでいることがわかる。

「ひとつわからないことがある」ローダンはヌガジュのほうを向いた。「きみは信じがたいほど短時間に、貴重な情報をたっぷり集めた。いったいどこから？」

小男はほほえみ、ドアのほうをさししめした。この瞬間、合図に反応するサーボ・メカニズムがそなえつけられているかのように、ドアがひとりでに開き、ちいさな薄暗い部屋が見えた。板ばりの寝台に、赤銅色のもつれた髪とビロードのような褐色の肌をしたアコン人がいる。明らかに眠っているようだ。その前にうずくまっているのは、巨体の体重をがっしりした脚二本とトカゲのような尾で支える、トプシダーだった。

「ロアルク＝ケールとマグ＝ウォルトのアジムです」ヌガジュが勝ち誇ったようにいった。「ふつうでない出来ごとには、ふつうでないやり方が必要。わたしは事態をざっと把握したあと、アコン人をとりおさえました。かれは知っていることをすべて、わたしに話すはめになったのです。そのかわりに、これからは休めますが」

トプシダーが立ちあがって、しわがれ声でいった。

「ついさっき、もう一本注射を打っておきました。四時間は目をさまさないでしょう」

10

何年も前、窓には偏光グラシット板が使われていた。いまでは、色あせて埃におおわれた破片がのこるだけだ。鋳造の壁にはあちこち亀裂がはいり……そのほとんどは、ローダンが外のごみだらけの通りをなんなく眺められるほど幅ひろい。

これもテラニアだ。だれもいない、崩れかけた倉庫や工場がならぶ敷地である。ヌガジュは人目につかない小道を通って、ローダンとジェン・サリクをここに連れてきた。最後の二百メートルは地下坑道をぬけた。これは建物の地下室につづいている。ポルレイターには気づかれていないが、ヌガジュの説明によれば、かれらは近くにいて、二名ずつ三グループに分かれ、それぞれ盾を身につけているということだ。ヌガジュとロアルク＝ケールはかくれて安全を確保し、周囲を監視した。小型ラジオカムでコミュニケーションをとる。同期調整されたスキップ周波を使うため、盗聴される恐れはない。ヌガジュとロアルク＝ケールの任務は、アルコン人の接近を早めに伝え、その動きを追い、深淵の騎士の両名が決定的な瞬間に正しい場所にいられるようにすることだった。

外の通りは幅三百メートルで、両側には荒れた建物がならんでいる。通りの先は円形広場になっており、かつては工業施設の中心地だった。いまでは荒涼として、以前は滑らかだった舗装面には亀裂ができ、雑草がのびていた。

古い建物の殺風景な玄関を眺めていたローダンは、風にはためく紙を見て目をはなせなくなった。数日前あるいは数週間前に、だれかが壁にはったポスターの一部だ。NGZ四二五年現在、もはやポスターはどこにでもある広告媒体ではない。ローダンは大きな紙片が風でもとの位置にもどるのを待って、読んだ。

ハンザ艦船がどこへ向かうか知っているか？

――ウェイデンバーンの問い

またウェイデンバーンか、という思いがよぎる。ウェイデンバーンとは何者だ？　なぜ、こんな旧式の方法で、不可解な質問を大衆に投げかけるのだ？　エルトルス人のケルク・ガッディクはこれに感銘をうけ、ウェイデンバーンの組織に参加すると決断したという。それをヌガジュはマグ＝ウォルトのアジムから聞き、アジムはまたスプリンガー三名から聞いた。なぜそんなことをした？　ウェイデンバーンの組織にはどのように参加するのだ？　接触する方法は？　この非現実的な冒険を乗りこえたら、考えなくてはならないことがらのひとつだ。


ラジオカムがかすかに高い音をたてた。ローダンはちいさな機器を耳にあてた。

「レンタル・グライダーです」ヌガジュがいうのが聞こえた。「機内には……四名。数はぴったりだ！　乗っているのは……」

「アトランが見えました」ロアルク＝ケールが口をはさむ。

「グライダーは中央の円形広場に向かっています。決定的ですね！」

「われわれ、前進する」ローダンがいった。

「通りの西側を進んでください！」ヌガジュがいった。「ポルレイターの姿はそっちにはありません」


ローダンは顔からバイオモルプラストのマスクをひきはがした。ジェン・サリクもそれにならう。かつらを頭からはずし、無造作に地面に投げ捨てた。時間はそれ以上のこっていなかった。肥満体、偏平足、くぼんだ胸郭はそのままだ。しかし、それでもポルレイターはふたりを見分けるだろう。

＊

グライダーは雑草の生い茂る広場の上を何度か旋回した。アトランが確実にことを進めたがっているのだ。ペリー・ローダンとジェン・サリクは壁の残骸のうしろにかがんでいた。ポルレイター六名にはいまのところ気づかれていない。グライダーはゆっくり下降し、広場の南端に向かった。ローダンとサリクから二メートルもはなれていないところに着陸する。

ハッチが二カ所でちいさく音をたてて開き、スプリンガー三名が這いおりた。一名は淡黄色の薄いリンネルの服を着ている。三名はあたりを見まわした。一名がグライダーのなかに向かってなにか声をかける。それからすぐにアトランも姿を見せた。バランスの悪い服装で……明らかに、スプリンガーがあわてて用意したものだろう……変装はしておらず、銀白色の長髪で、遠くからでもひと目でわかる。

ローダンは、広場のはしの建物をアトランがさししめすのを見た。アルコン人は本当に同行者たちを信用し、カルデクの盾のかくし場所を教えているのだろうか？　スプリンガーたちはアトランのしめした方向に向かったが、アトランはグライダーのそばから動かない。

広場周辺の三カ所で動きがあった。カルデク・オーラの淡紅色の光が見え、ポルレイターがかくれ場から出てきた。音量を増強したトランスレーターから広場に声が響きわたる。

「カルデクの盾を盗んだ者よ、動くな！　アトラン、逮捕する！」

「待て！」ローダンは叫び、壁の一部を大きく跳びこえた。「ペリー・ローダンはここだ！」

ジェン・サリクが追いかけてくる。ふたりのパラライザーが音をたてはじめた。すでに安全だと思った三スプリンガーは、広場のはしに向かって駆けだした。しかし、麻痺銃のビームのほうが速く、逃げだした者たちは倒れた。一名はビームがかすっただけで、身をかがめて近くの掩体にかくれた。気にとめる者はだれもいない。

ポルレイターたちが動きだした。カルデク・オーラが膨らみ、広場南端のグライダーに向かう。しかし、アルコン人はすばやく反応した。グライダー内部に跳びこむ……はじめから、それが狙いだったようだ。エンジンがうなりはじめた。最初のオーラの縁が到達する前に、グライダーは高く上昇していた。

ペリー・ローダンとジェン・サリクはポルレイターに向かっていった。いまこそが、決定的瞬間だ。ポルレイターを混乱させ、アトランとグライダーに向かってテレポーテーションする可能性に考えが向かないようにしなくてはならない。

「深淵の騎士の両名だ！」トランスレーターから声が甲高く響く。

「捕まえろ！　最後通牒を執行しなくてはならない！」

カルデク・オーラの光る壁が近づいてくるのを見て、ペリー・ローダンは立ちどまった。数歩横にジェン・サリクがいる。あたりを見まわした。眼前に四名、わきからさらに二名のポルレイターが接近してくる。オーラが襲いかかる前のわずかな一瞬、甘美な勝利のよろこびを味わった。

奇襲が成功したのだ！　ポルレイターは罠にはまった。アトランは安全だ。

＊

「きみの計画は見ぬいていたぞ、テラナー」ラフサテル＝コロ＝ソスは苦々しくいった。「きみは友のアルコン人をあてにしていた。つまり、最後通牒を無効にするために、かれがカルデクの盾をちょうどいいタイミングで持ってくると思っていたのだろう。いっておくが、それは思い違いだ！」コロはうしろを向いて、大きな窓から、町の屋根をさししめした。「この瞬間、人々は全報道局を通じて、反抗的な深淵の騎士二名の処罰が早められたことを知った……六時間早い、昼間の十二時だ！」

ジェン・サリクとペリー・ローダンは地面にしゃがんだ。そばではポルレイター二名が、いつでもカルデク・オーラでふたりの捕虜をつつめるように身がまえている。

「自身で設定したとりきめを破るのか」と、ローダン。「公正とかそういった類《たぐ》いのものは、どうでもいいのか？　あなたはわれわれが恐いのだな！　われわれをなんとしてでも無害な存在にしなくてはならないのだ。自分でつくったあらゆるルールを破り、それが無効だと宣言するはめになっても」

円になっている八つの青い目がローダンをにらむ。

「まったく的はずれではないな、テラナー」コロは認めた。「いや、きみを恐れてなどいない。しかし、きみときみの友が深淵の騎士の称号を手にしているかぎり、わたしのじゃまをし、抵抗し、すべてはコスモクラートの名のもとに起きたのだと主張するだろう。それを、わたしは阻止しなくてはならない。コスモクラートの計画はわかっているし、実行方法も知っている。きみたちにわたしの妨害はさせない」

「計画はわかっている、だと!」サリクが嘲笑した。「これまでにコスモクラートはあなたを、計画を告知するにふさわしい品格を持つ者とみなしていない。あなたのいう計画は、自身で考案したものだ……コスモクラートの同意を得られるか知りもせずに!」

「かれらを連れだせ!」ラフサテル＝コロ＝ソスは感情のまま命じた。「処罰の場へ連れていくのだ。儀式がはじまるまで、ともかくあとわずかしか時間がない」

ポルレイター二名によって、ジェン・サリクとペリー・ローダンは外に連れだされる。そこには正方形の小型反重力プラットフォームがふたりの輸送のために用意されていた。捕虜たちはそこに乗った。ポルレイターたちは独特の乗り物の前方のへりにしゃがみ、操縦をはじめた。地面すれすれのところをプラットフォームは飛び、ハンザ司令部の建物複合体に向かう。司令部近辺は地下駐機場への進入路の交通量が多く、それは日中にはめずらしいことだった。ラフサテル＝コロ＝ソスのあらたな告知の影響はしっかり出ていた。テラナーたちは、ポルレイターが深淵の騎士の両名をどう処罰するのか目撃するためにやってきたのだ。

プラットフォームは斜路の上を飛び、第八中庭の建物内部につづく走行路を進んだ。時刻は十一時二十五分。一万平方メートル近い正方形の中庭の一部に観客があふれていた。周辺に設けられた架台には、報道局が機器類を設置している。中庭の中心には直径二十メートルの円形の敷地があり、そこに二十四名のポルレイターがふたつの同心円をつくるようにならんでいた。全員、カルデク・オーラを生じさせる銀色の盾を身につけている。盾は作動中で、各ポルレイターも周囲も淡紅色のオーラにつつまれている。

すでに観客がはいり、さらに大勢の列がつづいているというのに、中庭はしずまりかえっていた。プラットフォームはポルレイターの二重円に向かい、その中心に着陸した。ローダンとサリクを連れてきた歩哨二名が跳びおりて、群衆のなかに姿を消す。

十一時四十五分、中庭への出入口が閉鎖された。広場ははしまで埋めつくされている。ペリー・ローダンはプラットフォームの滑らかな面にうずくまり、大勢の頭ごしに周囲を見まわした。群衆の視線に耐えられず、かれらもローダンの視線に耐えられなかった。ローダンは何度か、最前列の観客を見つめようとしたが、相手は目があうのを避けて、わきを見やった。

すべて終わりだ。あと十五分で、コスモクラートが告げた、人類の代表ふたりを深淵の騎士にするという承認が無効になる。アトランがカルデクの盾を、時間にまにあうようにただちに持ってくることは、もはやまったく期待できない。ラフサテル＝コロ＝ソスは最後通牒の時間を六時間前倒しにし、最後のチャンスを粉砕した。

群衆にささやき声がひろがり、ローダンは無意識に目をあげた。中庭のはしで観客が左右に分かれて壁のようになり、通路ができた。輝くオーラをまとったポルレイター三名が建物から出てきて、中央付近に築かれた壇に向かう。ひとりはラフサテル＝コロ＝ソスで、壇につくとすぐに話をはじめた。

「言葉はすでにたくさん費やされた」と、トランスレーターから響く。「だれもが、ここでなにがおこなわれるべきか知っている。いまこそ行動にものをいわせるべきだ。きみたちの時間で十分あれば、カルデク・サークルはその効果を最高まで到達させられる。盾の力を発揮させせよ！」

この指示は、二十四名のポルレイターに向けられていた。すぐにオーラが膨らみはじめる。

新銀河暦四二五年十一月二十五日、十一時五十一分のことだった。

＊

淡紅色の光が見えるだけとなった。二十四のオーラが一体化して巨大なドームとなり、輸送プラットフォームのまわりで、二重の壁を持つ建造物のようになる。ローダンは身じろぎもせず前方を見つめ、カルデク・サークルの影響がどのようにあらわれるか、ようすをうかがっていた。目に見えない鐘が意識におりてくるような、鈍い圧迫感をおぼえる。未知の影響力が脳に穴をうがちはじめるような痛みを感じる……深淵の騎士だけが使用できるものを探し、ひきはがそうとしているのだ。目を閉じて、頭を両手でかかえ、すこしでも苦痛がやわらぐようにした。ラフサテル＝コロ＝ソスの声が聞こえる。

「高い地位にあり、おのれの内に知識を持つにもかかわらず、宇宙規模の計画に逆らう者は、全員こういう目にあうのだ。どんな生物も力も、コスモクラートの意志に反することは許されない。そんなことをすれば……」

頭上で甲高い音が響き、コロは黙った。悲鳴がどんどん大きくなる。人々が叫んでいるのだ。ペリー・ローダンは意識をつらぬく痛みに逆らい、目を開いた。頭をあげると、一瞬、きらめく物体が見え、空から爆弾が落とされたかと思った。

群衆はパニックにおちいった。恐怖にかられて出入口に殺到し、弱い者は地面に倒れ、その上を人々が乗りこえていく……

音をたててきらめく物体が飛行速度を落とした。グライダーの輪郭が見える。パイロットはあわてているらしく、着陸点までの飛行距離を多く見積もりすぎていた。なかば落石のようなスピードで、中庭をかこむ建物の屋根をかすめる。二秒後、グライダーは接地。衝突音が大きく響き、地面が振動した。埃が高く舞いあがり、ポルレイターの二重の輪が乱れた。ローダンは驚いて茫然としたまま、グライダーのハッチが開くのを見つめた。悪趣味な服装のアルコン人がふらつきながら降りてくる。肩には幅の太い銀色のベルトを飾りのようにつけていた。やはり乱暴な着陸で衝撃をうけ、しっかり立つのがむずかしいようだ。ラフサテル＝コロ＝ソスと二名の連れが立つ壇のほうに、よろめきながらやってくる。膝を震わせながら、数段あがると、コロの前で立ちどまった。しかし、声の力強さは相《あ》いかわらずだった。声は中庭の奥まで響き、説明がはじまると、逃げだした者たちは立ちどまり、驚いて振りかえった。

「いま、十一時五十九分だ、ラフサテル＝コロ＝ソス。最後通牒が切れるまで、まだ一分ある。さ、カルデクの盾だ。あなたの協力者にかすめとられたが、ペリー・ローダンとジェン・サリクの友アトランがみずから返却する」

ベルトを肩からひきはがし、ラフサテル＝コロ＝ソスにわたす。ポルレイターは、この貴重な機器をうけとるほかなかった。

群衆が逆流してもどってきた。うしろの架台では、報道局のスタッフたちがあわてながら、この衝撃的な事件を詳細までもらさないように動いている。

ベルトを手にしたまま、ラフサテル＝コロ＝ソスは向きを変え、二十四名のポルレイターに命じた。

「オーラをとめるのだ！」

カルデク・サークルの光が消えた。

＊

アトランはペリー・ローダンに話した。ゲシールとスリマヴォの戦いについて、賢人時代に得た、超越知性体〝それ〟とセト＝アポフィスの力の集合体に関する知識について、ガルナルで捕まったことについて、それから、ラフサテル＝コロ＝ソスについて。

「かれは、あなたのことをすぐには忘れないでしょう」ペリー・ローダンはほほえんだ。「この処罰を、かれはポルレイターの勝利のクライマックスにしたかったのです。それなのにあなたがやってきて、ショーを横どりした」アルコン人の前で立ちどまり、にやりとした。「ただし、あなたがグライダーの操縦免許を持てるかどうかは、またべつの問題ですが。あんな素人じみた着陸は、ほとんど見たことがありません」

アトランは、やれやれといいたげに、

「望みを絶たれる十秒前だったのだ」と、弁解する。「ほかにどうすればよかった？ラフサテル＝コロ＝ソスがなにをはじめるかわからんしな。自分の舞台で予想しないことを体験したくないのであれば、慎重に演出しなくてはならない。とりわけ、親愛なるキケロがよくいっていた〝シネ・イラ・エト・ストゥディオ〟……嫌悪も偏愛も持たず、の精神で。そんなことは、つねにうまくいかないものだが」

「どうやって成功したのですか?」ジェン・サリクがたずねる。

「きみたちの友ヌガジュと、ロアルク＝ケールに助けられた。かくし場所から盾をとってくるあいだ、援護してくれたのだ。わたしは公安局の捜査に応じることになるだろう。オートパイロットを切っていたし、おそらくすくなくともひとつは交通ルールを破ったからな」

「本当にあのスプリンガー三名を信じるつもりだったのですか?」ローダンがきいた。

「いや。できるだけかれらから遠ざかろうと、かれらのグライダーを使って姿を消した。そのときはまだ、時間はあと半日あると思っていたのだ。だが、きみたちの予想せぬ出現が、思わぬ効果をもたらした」

ローダンは二歩さがり、友を熱心に見つめてたずねた。

「それで、あなたは……本当にもとにもどったのですか?」

アトランは思わず腕をあげ、頭をなでた。

「本当だ。もう変わらない」と、答え、苦笑する。「きみをもぐりの医師、ジョンソン・マデイラに会わせたかった。かれが頭皮下からスプーディを除去する、あのやり方といったら!」

ヌガジュはずっとドアロでひかえめにしゃがんでいたが、ローダンが視線を向けると、突然、立ちあがった。

「心から感謝する、友よ」ローダンはいった。「当然、われわれは力をつくして、テラの法律学者を納得させる。きみの性格の強さは弱さをはるかに凌駕《りょうが》していると。ただし、それはきみが判事に対して、もっともらしく誓えたらの話だが……今後いっさい、絶望しきった男たちが精力を高めるのを、すりつぶしたオカピの睾丸を用いて助けようとしない、と」

「なんとかしましょう、ペリー・ローダン」ヌガジュは威厳をもって応えた。「感謝します」

「マグ＝ウォルトのアジムはどうなった？」ローダンはたずねた。

「深層睡眠から目ざめて、姿を消しました」小男は説明した。

「行かせればいい」ローダンは手を振った。「きっとどこかの宇宙船に雇われて、これからテラに近づくことはないだろう。それで、ロアルク＝ケールは？」

「わたしの家に泊まっています」と、ヌガジュ。「持ち金が不足しているので。もし、あなたがたがご親切にも、かれに……どういったらいいか……」

「あのトプシダーは味方になってくれた」ローダンはさえぎった。「われわれの感謝の気持ちがたりなくて、かれが嘆くことはないようにしよう」

ヌガジュの大きな目に、満足そうな光が宿った。

＊

ローダンは居室の暗闇で横になったまま、昼間の出来ごとの経過での予期せぬ展開を思いだし、運命に感謝した。ラフサテル＝コロ＝ソスの計画は失敗に終わった。かれは約束を守り、深淵の騎士ふたりの処罰をとりけすことを強いられた。

だが、これによって状況が好転することはないだろう。これからコロは、騎士ふたりに、これまでよりもさらに大きな危険をつきつけるにちがいない。そのようなことが問題になった場合、共同作業はより困難になるだろう。ローダンは自分の心の声に耳をすまし、自問した。わたしはポルレイターに憎しみを感じているか？　答えは明確にノーだ。自分はそれほど偉大な存在か、と、皮肉をこめて考える。

ラフサテル＝コロ＝ソスを憎んではいないが、ポルレイターをいつか譲歩させ、理性的な方向で納得させられるかはわからない。しかし、どれだけ譲歩させられたとしても、自分はこれまでどおりの目的を追わなくてはならない。きょうの出来ごとのあとでは、さらに力をこめて。コロが、宇宙ハンザ、自由テラナー連盟、GAVÖKの統一艦隊をひきいてセト＝アポフィスの補助種族との戦いに向かうことは、やめさせなければいけない。

セト＝アポフィスはひどい痛手をこうむった。変性スプーディとそれに感染した《ソル》乗員を使って重要な橋頭堡を銀河系につくる試みは、失敗したのだ。時間転轍機《てんてつき》が粉砕され、工作員が無力化されたあとだけに、この打撃から回復するにはかなり時間が必要だろう。

次には、フロストルービンへの調査団の準備を早急にはじめなくてはならない。第一の究極の謎に関する答えをもって、ポルレイターに抵抗する方法も見つけたい。もはや長くはためらっていられない……

突然、暗い室内にもうひとり人物がいることに気づいた。ローダンはかすかな気配がもたらす効果を楽しみ、気持ちよくからだをのばした。

「ゲシール……」

「わたしよ」ささやき声がした。

「待っていた」

彼女はどこからきた？　五重に守られたこの居室に、警報も鳴らさず、どうして侵入できたのか？　くだらない問いだ！　なにを気にしている？　わたしはゲシールを思いこがれていた。この数日の激動の最中でさえ、憧れの気持ちは一時的にしかおさえられなかった。全身全霊でひきつけられている。

隣りに彼女がいるのを感じた。意識のなかでなにかが火花を散らして爆発した。自分でも驚くほどはげしく心をとらわれていた。

しばらくして、ふたりはしずかにならんで横になった。

「ペリー、助けてほしいの」ゲシールが突然いった。

「もちろん、いいとも」ローダンは約束した。

「キウープを見つけなくてはいけないの」懇願するような口ぶりだ。

「この一日半、かれの話は聞いていないな。どこに身をかくしているかも知らない。だが、かれを見つけるのに手を貸そう」

彼女がこうして願う理由については、ローダンはたずねなかった。

*

翌朝、執務室に訪ねてきたアルコン人を、ローダンはくつろいだ表情で迎えた。

「きょうはまだ機嫌を損ねる出来ごとは起きてなさそうですね」ローダンはやさしくからかうように挨拶した。

「とんでもない。わたしはゆうべ遅くに〝一万の悦楽の宿〟へ行ったのだ」

「なんですか、それは？　居酒屋ですか？」

アトランは感情を害したふりをした。

「わたしをなんだと思っている？　悪趣味な男だとでも？　違う、みごとなレストランのある古いホテルで、オーナーのフェン・バオ＝ディンは友だ。わたしが襲撃されたこ最悪の部類にはいる泥棒ふたりと、やましいところがないとはいえないスプリンガー三名が、けさ公安局に捕まったのだ。泥棒は矯正プログラムをうけることになり、スプリンガーたちは故郷に帰された……どこをスプリンガーの〝故郷〟と呼ぶのか、知らんがね。心のままにその光景を見て、記憶がかきたてられた。前の晩に聞いたのがだれの声だったか、いまならわかる。あれはアコン人の声だった。夜の襲撃のさい、マグ＝ウォルトのアジムが裏で手をひいていたのだな」

とにフェンはまったく関係がないと確信していたが、実際、かれの情報のおかげで、

ローダンはアトランを見つめた。

理解できないという目つきをローダンがしているのに気づき、アトランは詳細を説明する義務を感じた。

「ところで」と、話を締めくくる。「みごとな中国料理を楽しみたいという気があったら、とてもうれしいが。ごちそうするぞ」

「言葉どおりにうけとりますよ」

実際は、ローダンの思考はべつのところにあった。ゲシールがもどったことをアトランに報告すべきか考えていたのだ。しかし、結局、話すことはできなかった。

あとがきにかえて

若松宣子

猫を飼っている。先日の夜、家からしめだしてしまい、慌てた。非常にこわがりの猫で、飼いはじめてから三年弱だが、いまだにわたしが急に動いたりすると、驚いて背中を丸めて逃げていく。そんな猫が一階の部屋から戸外に出てどうなるかと、夜の九時ごろ一帯をまわったがどこにもいない。三月でも冷たい雨が降っており、どこかで隠れているのだろうとあきらめ、心配しつつも現実逃避のように寝てしまった。

すると夜中の三時、外で猫の声がする。ベランダから名前を呼ぶと、顔は見えないが返事があった。急いで庭に出ると、独立した造りで少し離れた隣のベランダの通気口から顔を出した。暗闇で互いに呼びあい、家族の絆を感じた夜だった。しかしつかまえてきたものの、本当にともに暮らしていた猫なのか、そっくりな別の猫なのか、ときに疑念の浮かぶこともある。

訳者略歴　中央大学大学院独文学専攻博士課程修了，中央大学講師，翻訳家　訳書『難船者たち』フランシス＆マール，『ポルレイターの秘密兵器』シドウ＆ホフマン（以上早川書房刊）他多数

HM=Hayakawa Mystery
SF=Science Fiction
JA=Japanese Author
NV=Novel
NF=Nonfiction
FT=Fantasy

宇宙英雄ローダン・シリーズ〈545〉

神《かみ》のアンテナ

〈SF2125〉

二〇一七年五月二十日　印刷
二〇一七年五月二十五日　発行
（定価はカバーに表示してあります）

著者　H・G・フランシス　クルト・マール
訳者　若《わか》松《まつ》宣《のり》子《こ》
発行者　早川　浩
発行所　株式会社　早川書房
郵便番号　一〇一 - 〇〇四六
東京都千代田区神田多町二ノ二
電話　〇三 - 三二五二 - 三一一一（大代表）
振替　〇〇一六〇 - 三 - 四七七九九
http://www.hayakawa-online.co.jp

乱丁・落丁本は小社制作部宛お送り下さい。
送料小社負担にてお取りかえいたします。

印刷・信毎書籍印刷株式会社　製本・株式会社川島製本所
Printed and bound in Japan
ISBN978-4-15-012125-9 C0197